刘致福

　　1963年6月出生于山东文登（今威海市文登区）。1984年毕业于聊城师范学院中文系。中国作家协会会员。1985年开始发表文学作品，已出版小说集《大风》，散文随笔集《冷峻与激情》《马里兰笔记》，政论集《网话》《微时代与大格局》等著作多部。

井台·戏台

刘致福 著

山东教育出版社

图书在版编目（CIP）数据

井台·戏台 / 刘致福著. — 济南：山东教育出版社，
2019. 4

ISBN 978-7-5701-0631-8

Ⅰ．①井…　Ⅱ．①刘…　Ⅲ．①散文集—中国—
当代　Ⅳ．①I267

中国版本图书馆CIP数据核字（2019）第061702号

JINGTAI·XITAI

井台·戏台　　　　　　　　　　　　刘致福　著

主管单位：山东出版传媒股份有限公司
出　版　人：刘东杰
出版发行：山东教育出版社
　　　　　　地址：济南市纬一路321号　邮编：250001
　　　　　　电话：（0531）82092660　网址：www.sjs.com.cn
印　　　刷：济南龙玺印刷有限公司
版　　　次：2019年4月第1版
印　　　次：2019年4月第1次印刷
开　　　本：880毫米×1230毫米　1/32
印　　　张：8
字　　　数：136千
书　　　号：ISBN 978-7-5701-0631-8
定　　　价：39.80元

（如印装质量有问题，请与印刷厂联系调换）印厂电话：0531-86027518

序言

温暖的诗意

王光东

与刘致福先生相识于20世纪80年代初，那时我们都怀抱狂热的文学梦想，经常在一起讨论、切磋。后来各自在不同的岗位工作，但文学梦想似乎从未离开我们，诗意的写作为心灵和生活带来了无以替代的快乐，那是生命之花的开放、生活之美的呈现，那是真的灵魂的情愫、善的精神的光华。这样的写作像春天的阳光、夏天的溪水，弥漫在刘致福的小说和散文作品中，也流淌在我们阅读的过程里，让人感受到一种有温度的情感和生活。我在阅读的过程中，这样的感受已经转化为自己情感和生活的组成部分。通过他的散文升华自己的情感和境界，相信大部分读者都会有这样的感受，这也正是刘致福散文作品的魅力所在。

刘致福近几年的散文作品大体上有两部分：一是游记。主要包括他在美国学习时写的散文，也有一些国内的游记篇章。这部分散文把自然风景、人文历史和现实思考融合在一起，呈现出情理相融的意境和深切的人文情怀。二是乡村记事。主要是写乡村生活的感悟和记忆中的乡村生活，其中那些滚烫的情感、深情的回忆，对于父老乡亲割舍不断的挂念是那样打动人心。他像一个久别在外的游子，一头扎进母亲的怀抱，感受着母亲的温暖、宽厚、博大和沧桑，述说他感恩的深情、快乐的向往，甚至是内疚的忧伤。

　　《父亲的脚步》里勤劳、质朴、一心为大家操劳的父亲用"他的脚步"踏醒了古老的土地，父亲无私的大爱与奉献滋养了孩子们成长中的心灵；《母亲的作品》则写出了勤劳的母亲宽厚、慈爱的情怀。刘致福笔下的"父亲和母亲"是给予我们生命，给予我们爱，带领着我们成长的长辈，我们的身上不仅流淌着他们的血液，他们的生活方式和行为方式也会化作生命的精神存在于我们的灵魂中，使我们在这个世界上有了一个生命的支点。有了他们，我们不会感到孤单无助，不会感到冷漠无依；有了他们，我们感到了这个世界的光明、温暖和幸福，有了面对这个世界的勇气，也有了我们引以为傲的精神的尊严。这种"精神的根"来自我们的父母，也与我们曾经生活过的故乡密切相连。在刘致福的散文中，我们看到了《井台》呈现出的风俗画式的乡村生活和那温润、鲜活的生命活力，看到了《戏台》里的浪漫的生命之美的向往。乡村虽然贫穷，但是乡野戏台上和戏台下所洋溢的生命热情以及对于美的热爱一直陪伴在我们的生命旅程中。这种情感与《梦里庄园》里的诗意、纯真和美好，共同构成了乡村青年成长过程中的生命底色，成为抵抗丑恶、维护美好的精神源泉。一个人只要有能力在灵魂里保存下这份"诗意的纯真"，他就不会在世俗的物质化生活中改变自己，他就会保持来自乡村生活的那份善良。所以，当我阅读《赶汤》和《端午记》时，内心有一种特别的感动。《赶汤》中这样写道："汤泊周围是漫岭小山，八九个小村分散于山坡岭脚，汤位于中心地带，汤把这八九个山村牵聚到一起，村与村、人与人之间便有了情感与联系。一乡民众共沐一湾清汤，共谋一种自然、安宁的生活，共葆一份和谐、美好的记忆与传承。"在《端午记》中有这样的描写："端午的早晨，阳光温暖、爽亮，追逐着晨雾、炊烟还有歌唱蹦跳的孩子，平静地照耀着山村，照亮家家户户平安吉祥的梦想，照亮山里人祖祖辈辈美与善的传承与期许。"这种和谐、安宁、平安吉祥的生活正是蕴藏于我们心中的永恒祈祷。

爱、美、善是刘致福的散文中反复出现的主题，这样的主题在他的散文中是以"美的艺术形式"表达出来的，也就是以"美的意境"和"美的语言"表达爱、美、善的情感。刘致福的散文是有意境的，所谓意境就是主体情感与客观世界融汇在一起，创造出物我无间的境界。刘致福写过诗，发表过许多小说，在他的散文中，诗的元素、小说的元素很好地结合在一起。不管是海外游记还是乡村记事，细腻的感悟和经验性书写使他所述说的内容具有生活的质感，世界细微之处的一草一木，人事运行过程的一举一动，都有他深切的情感浸润其中，具有"意在境中""境与意联"的艺术特点。

　　从刘致福的散文作品中，还可以看出他艺术地理解世界的特点，那就是文中飘逸出一种淡淡的忧郁。这种忧郁不是忧伤，忧郁里有一种温润的不舍。他舍不得故乡经验里那些美好的、淳朴的、祥和的、仁爱的人们，他舍不得那些涵养了人的灵魂的乡村风俗、人情，他舍不得那些见过的、听过的、经历过的所有美好的东西。于是他在记忆的生活里寻找，在现实的生活里寻找，在大自然的世界里寻找，这个寻找的过程就是他创作的过程，淡淡的忧郁里呈现出的是追求真、善、美的执着。

　　刘致福的散文写作对于我们所处的日益物质化、功利化的生活环境而言，具有特别重要的意义。因为在这样的环境中，情感的、精神的内容有可能给我们的生活带来温暖，并且能够抵抗物质化生活的挤压。我们需要有温度的情感和生活。

文学并未远去，诗意在我们心中。

（作者系上海社会科学院文学所副所长，著名文学评论家）

目录

井 台 1

戏 台 7

母亲的作品 14

父亲的脚步 20

赶 汤 26

端午记 32

母亲还乡 36

梦里庄园 40

大 水 47

麦收记 53

59 国哥的爱情

64 白果树下

69 济南的春天

73 一杯沧海

78 海兰泡的落日

84 声 音

88 古村访记（三章）

91 希望的光亮

97 穿越世俗的走廊

101 看望蒲先生

106 过 年

114 古 角

青竹泪　120

蟹　殇　124

浪漫的远行　127

开镰有益　131

冷峻与激情　134

迷人的索格图克　141

时光倒流的麦基诺　147

圆头山的风声　154

沉重的老忠实　159

震撼与洗礼　163

森林中的木屋　167

牛仔小镇　171

最大的小城市　176

小城之美　179

盐湖城的风景　183

190　魔鬼与天使

195　十七里长滩

199　水兵的眼泪

203　阿罗哈

208　哈雷大道

213　诗意的都市

221　弗农山庄的橡树

227　华府角落

230　廊桥一端的阿米什

238　走近海明威

244　后记

村里有两口井。

先祖在此建村，据说是看好了这里的水脉。水脉两注，南北各一，凿挖成井，人们循井而居，日久自然形成南、北两村，后合为一村，仍以井为界称作北街、南街。北街井在姜家墙外，井台很小，位于姜家院墙与南边单家房檐之间。井水黑亮，深达数丈。南街井位于村东平场，大队院南侧的一片开阔地。地势本来就高，加上挖井时井土的翻填，形成一个篮球场大小的高台。井不如北街深，但也有十几米。井口用四块大条石砌成一个方形的井口。井口周围布满井绳磨出的沟痕，让人体会到时间的力量与历史的沧桑。井水清得发黑，趴到井口可从如镜的水面看到自己清晰的面容。水面到井口有两米多的距离。趴在井口冲里边大吼一声，水便晕出无数的波纹，渐次向外扩延，面容碎乱变形，井下的世界便显得玄虚神秘。

井口向外方圆十几米，杂石铺砌又用水泥勾缝儿，平展而开阔。周围是半米多高的一圈石砌矮墙，把井口紧紧围起来，东西各留一个出口，由条石砌成三四级的台阶，形成一个状似碉堡的完整平台，又像一个高出地面的舞台。每天早晚，家家户户都有人来井台挑水，把家里一天所需的清水灌满水缸。孩子们写完作业总喜欢在井台玩耍，勤快的姑娘、媳妇们相约着在这里打水洗衣。井台，是家家户户离不了的生计之源，也是村里活跃的娱乐场、重要的社交场。

挑水是技术活，常有水桶坠落井底。技术要领在于水桶接触到水面摆桶汲水的节奏把握。技术不熟，节奏把握不好，担杖和水桶一摆，后力跟不上，担杖钩便会与水桶脱离，水桶顷刻便会注满井水，咕咚一声沉到井底。挑水人懊恼地骂一句，执了空空的担杖去街上喊捞井人帮忙。捞井人都是心灵手巧又热心的壮汉，早有现成的长达几丈的杆子，下端绑了八爪钩，上端系了长绳，慢慢顺下去，沿井底一沉一提，总要大半个钟头才能将水桶从井底捞起。这时井沿儿便会围拢一圈人，或趴或站，眼睛随杆子移动，及至捞上水桶便一齐欢呼，惊叹不已，仿佛刚看过一场悬疑大戏。

每到秋后，村里总要雇人淘井。搬来抽水机将水抽干，然后有壮劳力在腰间系了缆绳，猛吸几口白酒，下到十几丈深的井底，将墨黑的淤泥一筐一筐地刮上来。淘井常有意外之喜，总能捡到像章、水笔之类的小物件，有时还会淘到手表。最后由淘井人捧上来的是浑身晶亮、活蹦乱跳的小鱼，引得看热闹的孩子们大呼小叫。大人们常说水清无鱼，怎么也想不到这井里竟会有鱼。听老人们传说这老井井底有泉眼，可以直通南海，这小鱼是不是龙王派来的虾兵蟹将？每一年淘井，都有成群的孩子围着要看个究竟。但井太深，向下看只看到淘井人光着的膀子，别的什么也看不清。等到淘井人上来，胆大的孩子便问找到直通南海的龙眼了没有，淘井的汉子总是眼一瞪，一声吼，滚边儿去！孩子们便愈加感到井底的神秘难测。

冬天的时候，井口周围结满了冰。水桶汲满水提上井口时晃出的水很快便结一层冰，一层一层叠加隆起有半尺多厚，井口周围冻起一圈白花花溜溜滑的冰坎。这时提水既要有技术、力气，还要有胆量，胆小的还没到井口就感到眼晕，总感觉一不小心就会滑溜到井里。井台上也布满了薄冰，清亮透明，薄薄的一层，像玻璃，能看清冰下石头的纹理。冰极滑，不必说担起两桶水，就是空身踩上去也是极危险的，必须猫步轻移。总有好心人在井台冰面上撒上煤灰或沙粒，即便这样，也还是不断有人跌倒，两桶水倾洒出来，棉袄棉裤便浸得透湿。这时候去井台挑水不仅是力气活，也是一件担风险的差事。多数家里都是壮年男人来挑，倘若家无男丁或男人年老体衰，挑水便是一件让女人犯愁的难事。这时候亲戚或邻里相帮，全家人都会打心眼里感激。有年轻力壮但家境条件一般的小伙，靠上给缺劳力的姑娘家挑水，打动了芳心，最后把如花的姑娘娶回家。

井台上也会上演令人心酸的悲情剧。早饭时会听大人议论，南街某某家媳妇昨夜跳井了。一家人都戚戚叹惜。多数时候人会被及时救起，也有的真的沉下去，打捞上来已经不治。第二天便

有人张罗抽水淘井。南街人几天里要到北街挑水，小
孩子几天不敢靠近井台。再过几天，人们又都各自忙
碌，井台上的景况又恢复如旧，似乎那天夜里的一切
都没发生。

　　春暖花开后，井台上的冰化了，便又
重新热闹起来。孩子们一整天都在井台
上捉迷藏、玩家家，天不黑不回家。姑
娘们买了新头花、穿了新衣服，一定
要手拉手到井台上转一转。媳妇们呼
朋引伴、三五成群地到井台上洗菜浆
衣。没成家的小伙得
空便会急火火地
抄起担杖和水桶
去井台挑水。太

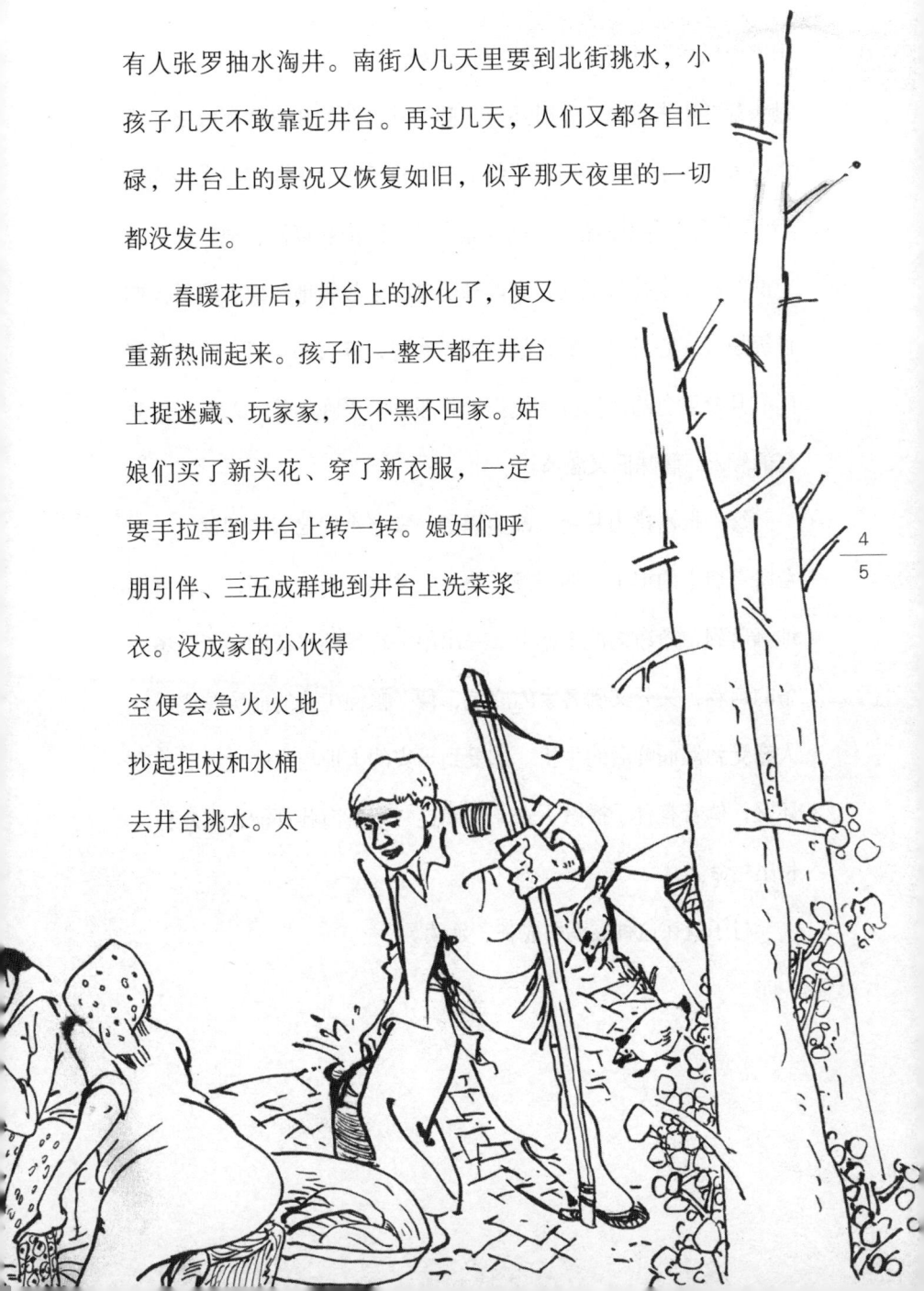

阳落山以后，井台上好戏才真正开场。收工的男劳力们回家放下锄头都要出来挑水，平时还算平静的井台开始变得熙熙攘攘，挑水的人们你来我往，络绎不绝。也有收工刚回来的年岁大些的媳妇，打点好了晚饭让孩子烧着灶火，自己担着菜篮、抱着白天没空洗的衣被来井台洗涮，有泼辣的这时会放纵地和挑水的男人们说笑嬉闹。心思重的男人故意落在后边，等人都走了，磨蹭着帮尚有几分姿色的媳妇打水挑担地献殷勤。傍晚的井台，如天边氤氲的彩云，暧昧而又温情。

每一担水挑出井台，都盛满了一家老小的渴望与期冀。走下台阶，肩上的担子一摇一颤，清清的井水晃溢出水桶，花花搭搭地洒落到白净净的泥土路上。一串串一行行的水花润湿了一条一条的街巷，又分叉到各家的庭院，像一幅幅生命的血脉图谱，让人感受到湿润鲜活的生机，感受到干爽的土地与水的亲近。让人怀疑，倘若有种子播撒下去，明晨这一条条街巷都能长出庄稼，长出生命。

村子就在这种滋润中成长、延续。

　　戏台在我记事前便有了，并不大，和半个篮球场相当。在大队院的西侧，台口向东，南北是两排石墙黑瓦的平房，背后是插砌的石墙。墙与戏台间有十多米的距离，演戏时上边搭上篷布就是演员换装候场的后台。戏台四周是南山青白的花岗岩条石垒砌，中间是黄黏土夯实，上边撒上细细的沙子，平坦而又结实。四角各有一根七八米高的戏杆，演戏时四角系上绳子，幕布挂上去，围裹出一个方正闭合的舞台。看电影时银幕便挂在前边两根戏杆上。右侧戏杆顶部常年架着一只铝制的高音喇叭，平时各种通知从这里广播，开会或演戏时便哇啦啦响，隔着几里路都能听到。那是一种响彻乡村上空的唯一具有现代气息的声音。我小时候经常盯着大喇叭中间的芯棒发呆，怎么也想不明白声音怎么从那里传出来，又何以传得那么悠远。

戏台大部分时间没有戏演，更多是用来放电影。隔几个月，公社放映队就来放一场电影。总是提前一两天便得到消息，孩子大人都有些沉不住气，四处打探。及至看到大队拖拉机把电影队从公社或邻村拉过来，便会兴奋得奔走相告。至于演什么电影，似乎都不重要。银幕还没挂上，台下空场上已经摆满了占场子的椅子、条凳、马扎、小板凳和蒲团，有的干脆就是各种形状的砖头、石块。孩子们则在台上台下跑跳打闹，俨然过节一般，饭也顾不上吃，只盼着天快黑下来，尽快享受那道精神大餐。太阳落山的时候，放映员吃过派饭户家精心烹制的晚餐，身上还带着饭菜的香味，在一大帮半大孩子的前呼后拥下，来到大队院，开始挂银幕、扯电线、摆机器。孩子们好奇地围上去，总有机灵的主动跑前跑后地当助手，惹来同伴们羡慕的目光。

电影就是那么几部片子，从《地道战》《地雷战》到《青松岭》，多数已看过几遍，但依然看得津津有味。片中人物仿佛已经成了自己的亲戚或朋友，多日不见便感到格外亲近。有的干脆把片子里哪一个角儿当成了自己或自己的亲人，与片子里的情景同悲同喜。电影开演的时候，整个村子一片漆黑，远看只有大队院银幕映出的电光，格外亮眼。平时锅碗瓢盆的交响曲以及鸡叫狗吠、老婆吵孩子闹的喧嚣都没有了，只听到电机的嘭嘭欢叫、咝咝走片的声音和影片中枪炮的轰鸣、演员低沉的说话声，那是一种让多少人心醉的声音。外村来蹭电影的，只要进了村子，循着声音和光亮便会轻松地找到。电影还没开演，大队院已经挤得满满当当。院落中间是电影放映机位，以放映机为界，往前都是本村家有小孩提前占好位置的，坐在各种座椅板凳上的都是年长的老人或妇女，越往前越低，前边几排都是小孩，有的干脆坐在砖头石块或地上。电影机后边都是"站票"，村里收工晚的青壮年或外村来蹭电影的年轻人，踮着脚或站在砖头石块上，从人头和肩膀的缝隙里向前看。银幕后边戏台上也坐满了看"反片儿"的，多是外村赶来蹭片儿的孩子。仰着头看银幕，脖颈发酸，银幕上字的笔画也是反的，照样看得如痴如醉。

戏台有时也是会场。社员大会都在大队院举行。大队支书、大队长和治保主任坐在戏台上，村民们各带板凳在台下坐着，二三百人也是黑压压一片。印象最深的是批斗会。村里没有地主，富农便是唯一的批斗对象。富农是个罗锅，见人便点头哈腰，人称"笑面虎"，倒真像电影和书报里的地主。他的老娘七十多岁，平日总是一身皂衣，裹着小脚，头发梳理得纹丝不乱，头后挽一个髻，大家私下里都喊她地主婆。两个人都由戴了红袖章的民兵押着，头戴报纸糊的尖尖的高筒帽，弯腰站在台上。戏台两侧挂着两盏汽灯，白白的光引来无数飞虫翻飞乱舞。不断有人上台发言声讨，台下有人领着喊口号，要他们低头认罪。儿子罗锅大概是认罪态度好，被民兵押到台口一侧，老太太却一句话也不说，任台上的治保主任怎样追问，台下的群众如何呐喊吆喝，只是站着，一声不吭。几个臂戴红袖章的半大小子上去，扯起地主婆的头发，让她仰脸面向台下观众，白喇喇的汽灯灯光映着地主婆扭曲了的刻满褶皱的脸，老太太双目紧闭，嘴也抿得很紧。不耐烦的民兵一把将她从戏台中央推到一侧，早有民兵接住，又一把猛推回来，老太太小脚颠着被推来搡去，整齐的头发纷乱地披散下来，依然一声不发。直到老太太瘫倒在台上，批斗会才在一片口号声中结束。第二天一早，后街上传来几声凄厉低哑的哭声，大人们都在议论，昨晚地主婆回家上吊了。

一年中戏台大部分时间是空闲的，但村里人心里却始终记挂着那上边演绎的一幕幕或喜或悲的大戏。

到了年底，戏台便开始忙碌起来。各村都有自己的戏班子，小到活报剧，大到整台吕剧甚至歌剧都能排演。冬闲时节，戏头儿便召集戏班子成员，白天黑夜地排练。大队院南侧的大房子成了排练场，寂静的冬夜里，不时传出的丝竹之声和咿咿呀呀的唱腔，为平静的山村生活平添了一抹艺术的亮色。戏班里自然有男有女，都是有艺术细胞的俊男靓女，又受着艺术的熏染，自然少不了男欢女爱的各种传言。未婚的还好，常有结过婚的文艺男与某某女演员如何如何的传闻，家家炕头上便多了一些不断添油加醋的言情故事。那是村里人津津乐道的长篇电视连续剧。高潮是听不得传闻的男一号的媳妇大闹演出组。但不管怎样，戏还是要排下去。进了腊月门，排演已近尾声，风和日丽的午后，戏班子便会在戏台彩排，并不熟练，但还是引来一批一批热心的观众。

过了大年初五，村里大戏便开演了。村里人奔走相告，不少人把外村的亲戚接过来，吃饭、喝酒、看戏。年这时才真正有滋有味。天还没黑，村里的响器班，早早地在戏台一侧支起了锣鼓响器，一遍一遍把开场锣鼓咚锵咚锵咚咚锵地敲得山响，隔着山也能听到，勾得人心里怦怦乱跳。酒也便喝得急了，匆忙吃几口饭，便大呼小叫地往大队院赶。大小街巷，一家老少，欢声笑语，呼朋引伴，这是一年里最让人兴奋、最让人动情的夜晚。

演过这一场，整个正月戏台上便会好戏不断。初六开始，各村互相送戏。送戏的自然是关系好的村子，多年形成一种友好甚至姻亲关系。都是拿得出手的大戏，吕剧《三定桩》、京剧《芦荡火种》，最大也最让人难忘的是邻村高格庄送来的歌剧《洪湖赤卫队》。那优美的唱段，漂亮的扮相，让一村老小如痴如醉，恍入戏境。不少人在台下跟着哼唱。这些与土坷垃打交道的农村青年，竟有如此的勇气、胆气，也有如此的功力，把一台专业水平要求极高的大戏演绎得有模有样。送戏的过程，密切了感情，也常常成就了姻缘。常有多情的小伙，看好了演戏的姑娘，追着戏班一村一村地去看，最终打动芳心，喜结良缘。戏里的成功也常有戏外的收获。姑家表哥在戏里扮演一位赤卫队员，腰扎武装带，身背驳壳枪，英武潇洒，挥手叭叭两枪，敌人应声倒地，表哥连打两个滚翻，马步站稳，挥手亮相，幕合，台下一片欢呼。有人窃窃私语，打听谁家小子，第二天便有人上门提亲。

演过戏的戏台，便有了一种艺术的灵光。大人小孩从大队院前走过，总要扭头瞅一眼戏台，浪漫的光亮便在心头闪掠而过，平淡的日子便有了亮色、有了念想。无戏的日子，小孩子们会在台上模仿戏里的情节，尽情投入地演绎。小小的戏台，将大人孩子心灵的空间放大、提升。儿时经常做梦，梦见自己身手矫捷地在戏台上腾挪跳跃，离家后耳畔常响起戏台上咚咚锵咚咚锵的开场锣鼓和悠扬动听的唱段。几十年过去，村里戏台已经拆废，但那些或喜或悲的故事仍如梦境不时在脑海浮现。

戏台，时代悲喜的乡土演绎。戏台，乡村世俗生活的诗意向往，已成过往的精神期待。

母亲的作品

写下这一题目，心里便感到一种温馨和暖意。这里所谓的"作品"，实际是母亲在自家菜园和小院种植的各色蔬菜瓜果。每次回家，我都用手机拍下来，上传朋友圈，名曰《老妈的作品》，至今已有二十余组。

母亲的能干在村里是出了名的。父亲去世以后，母亲从繁重的护理事务中解脱出来，开始料理父亲留下的菜园。菜园在村南泊里，有二分多。父亲在世时是村里有名的种菜能手，菜园料理得总是生机勃勃。父亲走后，母亲接过来，一开始我们怕她累着，劝她少种一些，见她乐此不疲，全身心投入，而且精神大好，也就不再阻拦。事实上，料理菜园，既排解了母亲对父亲的思念以及独处的孤独，又锻炼了身体，我们兄弟姐妹也便感到心安了。

对于种菜，母亲兴致很高，也很专注。村南菜园料理得井井有条，似乎还不过瘾，又在门口和小院另辟田地。院子西侧原为猪圈，已有十多年空栏不养猪了，父亲病重时母亲已开始收拾，这会儿有了空闲，母亲把猪圈里的石头清理出来，把圈坑填上，周围用红砖垒砌起来，里边的土全部翻刨一遍，然后点上芸豆，栽上茄子、辣椒。原本天一热便返味的猪圈，变成了葱茏青翠的菜园，一进小院便感到生机盎然。

大门外侧原为堆放柴草的地方，换烧煤气以后烧柴草少了，柴草堆便空出来。母亲把积存多年的柴草底垢清理干净，深翻数尺，换土施肥，种上一畦韭菜。韭菜很难侍弄，栽种、施肥、浇水都很讲究，稍有不慎，不是长疯就是稀黄不旺。母亲似乎并没费多少功夫，却把握得恰到好处，一畦韭菜一年三季都是蓬勃葳蕤，吃都吃不及。母亲胃不好，不能吃韭菜，但是对于韭菜总有一种特别的喜爱。母亲知道我喜欢吃韭菜，每次回家都要选最嫩的一茬割下来包饺子给我吃，走时一定要再割一垄，一棵一棵地择好，让我带走。兄嫂、姐姐和亲戚朋友，不论谁来，她都要割一捆韭菜，再摘几个黄瓜、拔几棵时令青菜让人带走。不论谁带走她种的菜，她的眼里都充满了自豪与喜悦，就像城里的艺术家，作品被喜欢的人带走，脸上那种喜不自禁的神情，让人动容。

母亲的代表作除了韭菜，还有南瓜。南瓜最大的好处是不用占地，春末夏初，墙角或园边，将提前在炕头生好的芽苗栽上，几天便可长出藤须。南瓜藤须长得很快，放一根柴棍斜搭在墙与芽苗之间，芽苗长出藤须就会顺着柴棍向上攀爬到砖墙上，再循着砖缝向上攀长，一般不出两月便会长满墙头，爬上平房房顶。南瓜开花以后，母亲会踏着凳子或登上平房房顶给南瓜授粉。这时的母亲真的是技艺精深的专家，毫不犹豫地掐掉谎花，非常准确地识辨雄花和雌花，像绣花一样，将花粉精准地收起、点授到位。授了粉的花蒂很快便会结出嫩瓜，一天一天地长大，待到秋后，南瓜便会结满园边、墙头。由于母亲的细致与专心，院里、园边的南瓜总是又大又多。南瓜成熟以后特别具有喜感，长的、圆的，各种造型；金黄的、褚红的、青绿的，各种颜色。或挂在墙头，或藏在房顶哪个角落。体量都很大，最大的足足有三四十斤，需两人小心地抬起才能摘下。南瓜成熟的时节，整个院落都充满了收获的喜气。

过了仲秋，母亲开始惦记着种白菜。白菜是胶东农家冬季的主菜。秋天收了其他青菜，大部分园子都要种上白菜。刨地、起垄，选种、点种，过去都是母亲一个人做。这几年年纪大了，体力不如从前，母亲便指导着二哥和姐夫去做。白菜生长期不足三个月，这期间需要减苗、捉虫、施肥、浇水、扎捆等多个环节，每一个环节母亲都做得很用心。减苗、捉虫是耐心活，母亲在园子里一蹲就是半天。施肥也很讲究，母亲总是想法买来豆饼，泡上几天，然后顺垄挖沟埋实。施过豆饼的白菜，长势强旺，包芯坚实。到了秋末，老家天旱，总是缺水少雨，白菜主要靠提水浇灌。母亲经常一个人提着一只小桶，从园边水湾里一桶一桶地提水浇灌。有时二哥和姐夫抽空浇了，她还不放心，仍要过去找漏补浇。由于母亲的细心照料，种出的白菜个大芯实，水分充足，口感甜爽无渣。所谓的天津绿、胶州白都无法与之相比。每年白菜丰收时，总有商贩看好要高价收买，母亲总是回复留着自己吃，一棵也不卖，让二哥在地里开挖两个大菜窖，一直贮藏到来年三月。实际上，母亲自己吃得很少，一棵白菜可以吃一周，主要是留给孩子们。儿子闺女甚至孙子孙女都想到了，只要回家，总要从菜窖里拿出几棵，剥去老帮，只留硬硬的白玉般的菜心，让孩子们带去。我只要回家，总要拉回半车，一直吃到春节。

菜园和院里院外都料理好了，母亲又瞅上了街边的两块空地。一块在院外东南角，只有几平米，母亲认真地收拾、整理，种上茼蒿和香菜，几天工夫原本杂乱无章的空地，便长出绿油油的菜苗。另一块在前院才叔的房后，紧傍着路边。哥嫂都劝她别刨了，在人家房后种地，担心人家才叔才婶不愿意。母亲说这是咱的地块，我和你才婶说好了，她同意。紧贴着路边，母亲深刨、施肥、起垄，前年种了两垄芋头，去年又种了两垄地瓜。我回家时已是八月，地瓜藤蔓扑棱着把整个路边都长满了，乌黑黑的，长势很好。母亲说地瓜是好东西，不光能吃地瓜，叶子也好吃。我蹲下细看，不仅叶蔓旺盛，地下的地瓜也长得很好，瓜垄地面撑胀起一道道裂口，能看见里边嫩紫色的地瓜。瓜叶间开着几朵小白花，起先以为是牵牛花串进了地瓜垄里，细看那花竟长在地瓜藤上。在青黑的瓜叶间，白色的喇叭状花边，花蒂部是雪青色的，从下向上过渡，越来越淡，逐渐变成雪白，很是亮丽惹眼。母亲说，这是地瓜花。过去听说过地瓜开花，非常少见，这是我头一次见到真的地瓜花，有一种惊艳的感觉。母亲说今年干旱，地瓜开花。我心生感慨，急忙拍下来，往朋友圈推送时，加了一句注释：身藏沙碱心甘如饴，偶着娇花装艳农家。写完心里一热，这地瓜的品质何等珍贵，又和母亲何其相似啊！母亲一生都是这样默默地奉献，自己辛苦付出，留给家人、后代的是甘之如饴的甜蜜和灿然如花的美丽。

　　经年累月，母亲的作品越来越多。除了院子里的芸豆、门口的韭菜、墙上房顶的南瓜、南泊菜园里的白菜以外，洋葱、萝卜、黄瓜、茄子、柿子、辣椒、莴苣、生菜、茼蒿、茴香、豆角、土豆，只要家乡有的蔬菜品类，在母亲的菜园里应有尽有。不同时令有不同的品种，不论在大菜园还是在街边、院角，都长得旺实茁壮。母亲真如一位功夫深厚的艺术家，随便涂抹几笔便是难得的艺术作品。只是母亲的作品都是非卖品，只送给自己的亲人。周末或节假日，母亲总是早早就把青菜采收回来，一把一把地择干净，用布条捆扎结实，按着孩子们各自的喜好，一家一家分别放置整齐。收拾停当，母亲一个人坐在院中太阳地儿里，看着自己的得意作品，等待孩子们回家。这时候的母亲，俨然一位成果丰硕的艺术大师，脸上充溢着自信、期待与幸福，让每一位尊崇她的后人唏嘘感动。

　　母亲的作品，普通而又伟大、永恒。

父亲的脚步

去年冬天，母亲出家门时摔了一跤，右胳膊肘擦伤，幸无大碍。母亲说是父亲绊她，说昨晚父亲托梦，埋怨鞋不跟脚。母亲嘟囔，这是让给他买鞋呀。据母亲讲，父亲走时给他买的鞋可能号码不对，有点大。母亲让二哥去县城比着父亲生前的鞋号买了双新鞋，去坟前烧了。母亲说从那以后再没做梦，估计是父亲收到新鞋了。我听后心里一阵发酸，父亲在那边还是那么忙碌？

父亲在世时，母亲总埋怨他穿鞋太费。别人一双鞋能穿两三年，父亲半年不到就穿出了窟窿。印象中母亲每晚都要点灯为父亲补鞋，父亲的鞋子总是缀满了补丁。父亲对鞋要求很高，他常

说穿鞋最要紧的是要合脚、跟脚。我参加工作后曾经给父亲买过皮鞋，但父亲试了试，说太沉，不跟脚，就放下了，再没穿过。父亲一直喜欢解放胶鞋，轻便，跟脚，走路干活都方便。记忆中父亲总是在忙，脚步不停地在山上、村里忙碌。脑海中存留最多的镜头就是父亲匆匆行走的身影。父亲是用脚丈量土地，父亲的心气、力气都通过那一双双鞋子传导到故乡的土地上，那鞋子要承受超出正常负荷多少倍的压力啊。

父亲年轻时就是村干部，从生产队长干到大队支书。父亲总是干在前头，走在前头。他自己常说干部就是要先干一步，你带头干，人家才能跟着干。整大寨田时开山劈石，父亲就是石匠，抡锤劈石，凿眼放炮，一个冬天下来要磨烂几双鞋。修水库、盖仓库，父亲就是瓦匠，垒坝砌墙，大工小工，父亲都是公认的好把式。农田里的活计就更不在话下，犁翻耢锄，耕种收扬，除了不会开拖拉机，样样都是行家。人们都说父亲身体好、身板壮，其实父亲是干活不惜力气。割麦时一般十分整劳力一次割五垄，父亲总是再捎几垄，割七垄八垄，而且总是把别人落下大半截。推车送粪运土，父亲的车筐总是堆得冒尖，一拍再拍，一车顶别人两车，仍旧是走在最前面的头车。上坡时别人要歇几歇，父亲不到集体休息时间从不歇气。七十多岁时，父亲推起小车仍旧脚底生风，村里的年轻人也难有比得过他的。父亲身高腿长，走路、干活都快。和他一起走路，总也跟不上他的步伐。和他一起干活更累，上大学时每年暑假回家跟父亲锄地，我还没锄到一半，父亲已经折返回来，拖得我既累又紧张，只能咬牙坚持。

我记事时父亲已是大队书记，每天天不亮便扛着铁锨上山了。大队有四个生产队，各队的土地分散在不同的山坡上。别人上山前，父亲已经把各个山头地块转了一圈，墒情苗情已经摸得一清二楚。夏收秋种，哪个队的麦子熟了，哪个队的玉米该收了，哪块地缺施什么肥，哪片地该浇水了，哪条水坝该修补了，哪片山坡树该补栽了，全在父亲的脑子里。村里的山山水水，沟沟坎坎，每一寸土地都留下了父亲的脚印，都浸透着父亲的心血汗水。

父亲劳碌一辈子，却从未听他喊过累。村南河道发大水时，父亲几天几夜在大坝上忙碌，灾情解除后，别人休息了，他又领着人去村西泊地排涝。冬天整地会战、春天修渠挖河、三夏三秋会战，父亲经常昼夜连轴转。每天再累、忙到再晚，第二天照旧一早起来上山。小时候和父亲几天见不着面是常事。到了父亲晚年时，村里划归开发区，土地没有了，父亲仍旧闲不住，自己推上小车，带上锨镢瞅空开荒。东沟种几垄地瓜，西坡种一片花生，南河沿儿种几垄芋头。家人劝他歇歇让他别累着，他说闲着也是闲着，人有闲坏的没有累坏的。后来不让开荒了，他就天天往自家菜园子跑，一遍一遍地翻耕整理，精种细作。三四分地的菜园调理得花园一般，色彩斑斓，生机盎然。一样的菜种，一样地播种，父亲种的菜总比别人长势好。每次我回家，早上还没起床，父亲已经到菜园里忙活了一圈，浇水锄草，采回一筐带着露珠的新菜。半截裤腿和鞋子都打湿了，鞋面上沾满黑黑的一层湿土。

父亲除了年轻时开会去过县城和威海，大半辈子没有离开过村里。那年好不容易做通工作随出差河南的大哥来到我家，原以为可以让他多住些日子，好好歇歇，结果只待了一个下午，让四岁的孙女领他在宿舍院里转了一圈儿，又去孙女的幼儿园看了看，晚上我下班一进门就让我买火车票说第二天回去。我说，千里迢迢来了，好歹再住几天，我陪你逛逛。父亲坚决不依，说没什么逛的，来时家里刚下过雨，东山上的花生地再不锄草就长疯了，来看看就行了，要我必须赶快买车票，否则就自己去车站，无奈只得依他。回家后母亲和邻里乡亲都很吃惊，母亲很生气，数落他，了解的知道你是坐不住，不知道的还以为儿子不孝顺呢。父亲也不在意，扛起锄头就上东山锄地拔草去了。

父亲晚年小脑萎缩，走路困难，去不了菜园了，但仍旧闲不下来。父亲干了一辈子村干部，孩子们的事情从不过问，这时却心思细腻起来。二哥家里开着小商店，父亲一再叮嘱要注意安全，每天一早一晚都要颤颤巍巍地走到村北二哥家看一看，确认安然无事才放心。孩子们回来看他，临走时哪怕别人搀扶着也要送到村口，看着车走远了才转身步履蹒跚地踱回家。

父亲离世前两个月一直昏迷，躺在床上不能下地。偶尔有意识，脚趾会动一动。看到父亲没有穿鞋的脚，我的眼睛湿润了。父亲的脚底有厚厚的一层硬茧，大脚趾已经有些变形，趾甲也都硬化变厚。这两只脚板承受了多少磨砺、多少重量，现在可以歇一歇了，劳碌奔波一生的父亲也该歇一歇了。

按母亲的说法，父亲在那边还是闲不住。只是不知父亲是不是真能收到那双新买的鞋子，父亲穿上是不是跟脚？

赶汤

　　家乡方言中，汤字的古意至今传承保留完好。热水称汤，温泉称汤。这在隔海相望的日本有着相同的情形。那年去日本，路经箱根，看到半山腰露天温泉云山雾罩的景象，和儿时的老家是何其相似。许是纬度和地质构造的原因，同是北纬37度的两个城市，文登和箱根，有很多相近的特征，最突出的就是温泉，都号称"温泉之乡"。箱根有著名的七大名汤，我老家方圆几十公里内的温泉也有六七处之多，七里汤、大英汤、呼雷汤、汤村汤、汤泊汤、邹家床（在此读shuáng）汤等。行走在山岭村落之间，只要看到前方白汽缭绕，云雾蒸腾，走至跟前必是温泉无疑。内地的很多温泉动辄要钻探几百米、上千米，我家乡的温泉都是地表泉，真如泉水一样，从地表岩层间汩汩喷涌而出。这些温泉都有几百年甚至千年以上历史，形成一种独特的汤俗文化，与乡间百姓的生活相合相融。

老家就在温泉边上，距离汤泊汤泉只有一公里。洗着温泉长大，在外乡人和如今的年轻人看来是何等奢侈。但儿时在老家，赶汤也就是泡温泉，确实是平常生活的一部分。现在城里人泡一次温泉动辄几百元，那时赶汤都是免费的，周边八九个村子，每村年底拿出十几元钱，供养着一个管理汤泉、洗刷汤池的汤工，村民何时洗泡都是免费的。小孩子们放了学，挖着羊草、拖着耙篓，到了汤前，篮子、草筐正好装满，赶个汤，干干净净地回家吃饭。大人们干完一天的活，绕个弯儿，到汤池里泡一泡，舒筋解乏，回家一身轻松。

汤泊汤泉在文登几大名汤中，论规模不算最大，只有一处泉眼，但单眼出水喷涌量应是最多的，景象也最为壮观。汤眼位于汤池的北面，在山脚下的河边上。洁白的水雾漫延升腾，离着很远便能听见呼噜呼噜的喷涌声。走到跟前，是一间房大小的蓝瓦瓦的水湾，水湾中央冒着白汽的泉水哗啦哗啦地向上喷涌，让人怀疑有什么动力使得这么多的热水如此热烈地不停喷涌。小时候常会不由自主地担心，哪里来的这么多热水，汤眼会不会戛然停喷。老家与汤之间有沙河相连，顺着小河往上走就到了汤前，算是赶汤的水路。小时候每逢周末，常约上几个小伙伴，沿着小河，一路捉鱼摸虾，运气好时还可以从河中央的沙洲草丛里捡拾到鸭蛋，用柳条将小鱼小虾串成一串，用尼龙网兜兜住鸭蛋放进汤眼，十几分钟后提上来便是可口的美餐。汤眼喷出的泉水70多度，由于达不到沸点，煮熟的鸭蛋蛋黄是硬的，而蛋清却稀如酸奶，用石头将蛋壳凿一个小孔，用麦秸管将蛋清吸到嘴里，然后再剥壳吃里边的蛋黄，也是别有风味。

汤眼与汤池之间相距五六百米，汤池选在相对低洼的一片旷野中间，后边是山岭，前边是沙河。先是开挖一条九曲十八弯的水渠，将汤水漫流引进汤池。经过长距离的转折流淌，进入汤池的汤水温度已经降低不少，又从沙河北岸开挖一条水渠，将河内的凉水引进汤池，与汤水融合，水温正好达到人体舒适的温度。汤泊建汤据说已有千年历史，先人这种聪明智慧令人感佩惊叹！围裹汤池的是一座开放式的古庙类建筑，一围砖墙，半边屋顶，青陶细瓦，圆木梁柱，屋顶只盖住两个汤池中里边的一个。外边的汤池大，能盛下五六十人，里边是小池，也就容纳二三十人。外边的温度是常温，里边是热池，水温较高。一般年轻人在外

池，里边小池里都是老年人。两个汤池间并无阻隔，里边洗热了可以到外边大池。外边大池虽在墙内，但是露天。冬天下雪时，一众浴客身体隐在水中，头顶一蓬雪花，构成一幅顶雪沐浴的动人风景画。

汤池是半开放的，有墙无门，有赖纯朴的民风，赶汤洗浴绝对安全。有汤以来，从未听说任何有伤风化的丑闻。男女以时间分隔，每周头四天男汤，后两天女汤，星期天休汤一天，汤工洗刷汤池，打扫卫生。这规定有点歧视女性的意味，但也是乡人多年约定俗成。每逢女汤，汤池总是爆满，大姑娘小媳妇从四面八方的乡间小径汇聚到汤前，喊喊喳喳的说话声，随着蒸腾的热气传得很远。附近山上地里干活的男人们不时从远处瞅上几眼，太阳落山了也磨蹭着在地里多干一会儿。多数已成家的壮年妇女都在晚上赶汤，收工回来做好晚饭，打发一家老小吃上饭，自己拿块干粮出门，一边嚼食一边喊：赶汤了，赶汤了……后边的人会越聚越多，嘻嘻哈哈一路说笑打闹着往汤上赶。女人都爱美，爱干净，常洗汤泉能让皮肤白润光洁。洗过泡过后，浑身轻松滑爽，心里也格外滋润放松。赶汤是女人们一天中最开心、最高兴的时刻。

据后来检测，家乡的汤泉水质优良，富含二十多种矿物质。走近汤眼，一股浓郁的硫黄与松香兼有的气味扑鼻而来，这实际是多种对人体有益的矿物质集合的气息。家乡是著名的长寿之乡，与温泉之乡应该具有内在的联系。赶汤对老年人，尤其对关节炎以及风湿类疾病有非常明显的疗效。本家一位在大连工作的大爷，"文革"时下放回村，夫人有严重的风湿病，骨瘦如柴，常年卧床，回来时被儿子像抱小孩似的从搬家的卡车上抱下来。回来后，每逢女汤都要去赶汤。先是儿子用小车推着去，半年后由儿子搀扶着去，一年后自己随着邻居去，再后来不仅自己赶汤来去自如，做饭甚至挑水都和常人一样。后来落实政策，堂大爷和她的四个儿子都回了大连，老夫人坚决不回去，她已经离不开汤，一个人执着地留在村里。我大学毕业回到村里，老人已经七十多岁，仍旧自己搂草、挑水，日子过得有滋有味。

汤是造化所赐，汤也是先人留下的一种享用自然、融汇自然的珍贵遗产，是一方水土一方乡人难以忘怀、难以割舍的情愫与寄托。为感恩与祈福，每年谷雨时节，汤上都要举办沐浴庙会。周围村子的人们汇聚汤泊，既有锣鼓秧歌，又有整台大戏。各种吃的、穿的、用的、玩的，应有尽有，大人孩子摩肩接踵，摊档铺位从小河南岸沙滩一直绵延到山脚下。汤泊周围是漫岭小山，八九个小村分散于山坡岭脚，汤位于中心地带，汤把这八九个山村牵聚到一起，村与村、人与人之间便有了情感与联系。一乡民众共沐一湾清汤，共谋一种自然、安宁的生活，共葆一份和谐、美好的记忆与传承。

端午记

过了谷雨，似乎已经闻得见粽子的糯香了。几场小雨，天空被洗刷得格外干净、晴亮，雪白的云朵在湛蓝的天幕上层次分明地飘移，燕子也呢喃着从很远的南方飞回来。母亲总是早早地把米和粽叶翻出来晾晒。米是大米和糯米两种，平时不舍得吃，放久了，有的已经开始长虫子。粽叶是去年夏天采摘的芦叶。芦叶长得最旺最宽的时候，天也恰好最热。母亲和奶奶顶着毒烈的太阳到南河坝上挑选采摘，采回来用清水煮熟，在院子里晾干，然后一页一页地叠码起来，用报纸包好放到里屋梁上备用。端午的头一天，母亲把粽叶和米各放到一个大陶盆里，用刚从井里打上来的清水浸泡。浸泡过的芦叶油绿如新，米也吃足了水分，米粒晶莹透亮，没等蒸煮，甜糯的香气已经在灶间弥漫。晚上，母亲和奶奶围着灶台开始包粽子。孩子们也试着拿芦叶去包裹，却总也学不会。母亲一边包，一边和奶奶讲古。记忆中粽子要包很久，讲古也总讲不完，听得困了，孩子们便爬上炕，在梦中等待端午的到来。

奶奶讲的端午的由来，与书里说的有着很大的不同。她不知道屈原，更不知道屈原投江的典故。许是地处海防古镇的缘故，奶奶的讲古，似乎都与一位将军有关。传说将军带兵行军，天色将晚，在南河沿儿扎营埋锅造饭，米刚煮好，突然狼烟四起、号角连营，急忙拔寨出发，又舍不得一锅好米。匆忙中，大家就地取材，摘河边的芦叶包上米饭，边跑边吃，之后大胜来犯倭敌。那一天正是农历五月初五，为庆祝和纪念，遂有端午节，芦叶包饭也成了大军开战前必备的精神和物质给养，传到民间，便成了端午美食。

天还没有放亮，母亲便早早起来，从门口桃树上剪一枝桃枝，插到门框上方。听奶奶讲，古时闹兵乱，村里人慌急着往南山跑。一位妇人背上背着一个大孩子，手里拉着一个哇哇哭叫的小女孩，跑得慢了，被大军追上。一位将军见此情景，断定是后娘无疑，横刀拦住，问她为啥这等狠心，妇人哭着说大的是邻家的孩子，爹妈都没了，怪可怜的，小的是自己的孩子，跟着跑没啥。将军为之感动，收刀说你放心回家吧，门上插根桃枝，我保你全家平安。妇人回到家里，在自家门上插上桃枝，又将这一秘密告诉躲到山里的邻居们。第二天大军杀回来，遵照将军的命令，门上插桃枝的不杀。但是一看，村里家家门上都插着一枝绿油油的桃枝。将军一声长叹，再次为这位妇女的仁厚良善所感动，挥手打马带兵离开了村子，一村人因此保住了性命。此后，门上插桃枝便成了家家户户经年不变的端午习俗，为了纪念那位仁厚善良的妇人，也以此祈愿祛邪免灾。

插好桃枝，母亲便开始烧火煮粽子。和粽子一起煮的，还有艾蒿和鸡蛋、鸭蛋、鹅蛋，满满一锅。困难时期，鸡鸭鹅蛋是用来换钱贴补家用的。为了端午，不知母亲费了多大难为，一个一个攒下来。早上一睁眼，变戏法似的，每个孩子都惊喜地发现，枕头边堆了一窝刚煮熟还温热的鸡蛋、鸭蛋。那种惊喜远胜西方孩子们收到圣诞礼物。孩子们所得蛋的数量各有不同，我在家最小，母亲给我的总是最多。几只淡的鸡蛋，十几只咸的鸭蛋、鹅蛋，自己藏着要享用一两个月。母亲悄悄地放好，等天刚放亮，便用温热的沾满艾草香气的鸡蛋，在每个孩子脸上滚一圈儿，据说可以祛病消灾。平滑、温热的鸡蛋的滚动抚慰，把孩子们从梦中唤醒。刚睁开眼睛，母亲便喊，还不快起来，去后山拉露水！大家争相爬起来，怀着惊喜与满足的幸福，各自将鸡蛋藏好，抓一把粽子，边吃边相约着小伙伴们向后山跑。

这是一天中最隆重、最开心的时刻。一种名为"拉露水"的仪式与游戏，见证了一年中孩子们最疯的时候，成为一场有关露水的乡野狂欢。"拉露水"要赶在太阳出来之前，越早越好，跑在前头预示着一年好运。孩子们可以在草地上放纵地奔跑、打闹，任由露水打湿鞋子、衣裤。沾的露水越多，预示着这一年的好运就越是丰厚长久。一边疯闹，一边寻找一种长满耳坠状的穗头、名叫瞌睡草的茅草，用手将草上的露水沥出来，洗眼洗耳朵，一年都会耳聪目明；洗头洗脸，一年都会聪明智慧。太阳这时已经爬上了树梢。红彤彤的阳光，穿过树枝，映射到草叶的露珠上，如珍珠般熠熠闪亮。经这闪亮的露珠洗润过的一张张童颜，红扑扑的，天真、单纯，一双双比露珠还亮的眼睛，充满了对未来的向往与期待。此时，山下村子里炊烟袅袅，节日才有的饭菜的香气随之飘溢到山岗草野。孩子们唱着闹着奔下山去。

端午的早晨，阳光温暖、爽亮，追逐着晨雾、炊烟还有歌唱蹦跳的孩子，平静地照耀着山村，照亮家家户户平安吉祥的梦想，照亮山里人祖祖辈辈美与善的传承与期许。

母亲还乡

　　吃过晚饭，母亲让我给二哥打通电话，交代从冰箱里拿出鱼、肉，早些化着，说明天我和她回家做饭好用。以往母亲在家时，每次我回去，兄嫂、姐姐及晚辈都要回家相聚，母亲总是亲自下厨做一大桌酒菜。这次母亲在外，还没回家，依然想着提前安排。实际上，在我这里的几个月，母亲与在家一样，每顿饭都亲自下厨。只要我回家，她总要做几样我爱吃的饭菜。她自己吃得很少，早早放下筷子，坐着看我，眼瞅着我一口一口地吃完，然后起身收拾碗筷。我要动手，她总是倔犟地推开我，说几个碗不用我沾手。母亲劳碌一辈子，不习惯别人侍候。在她眼里，儿子是做大事的，做饭、刷碗这点小事用不着管。

母亲来我家住了整整四个月，这是她在外住得最久的一次。以前多次动员她来，总也劝不动。她在家里抬腿就出门，街坊邻居随时可见。来到城里，上下楼不方便，关键是没有熟人。白天我们上班，她一个人和小狗多多在家，寂寞相守，除了到窗前向外看看楼下的风景，再就是做饭、吃饭，每天过得单调难熬。

因为孙女结婚，母亲随二哥一家到北京参加婚礼。借此机会，我把她"劫持"到了济南，说好过了年就送她回去。刚过了年，初五母亲就嚷着要走。我说好歹要过了十五，这才又住了几天。初七刚上班就要我买票，我坚持说再住些日子，母亲执意不肯，每天一回家第一句话就是问我买票了没有。今天说门口韭菜该起底了，明天又说韭菜该出芽了，菜园该收拾了，那种一天都不愿多待的急切让我既无奈又惭愧。

昨晚下班，想到母亲第二天就走，心里有些难过。成天在外奔忙，不要说侍奉她，陪她外出转转、看看，就是一起吃饭的时候也不多。每天都是她为我们做饭，根据我的口味调理，我倒是体重日重一日，她自己却是比来时更清瘦了。这几年母亲的牙齿越来越不好，几年前镶的牙也多已松动，稍硬点的东西吃起来都很费力。前些时外甥给她买的凤爪熟烂，我见她吃得津津有味，下班便特意绕路到超市买了凤爪，又买了皮冻和烂熟的猪蹄。知道只有晚上这一顿母亲吃不了多少，心里后悔平日竟想不起买些她能吃、愿意吃的东西。回家时母亲已包好饺子在等我，见了我买的熟食，口里埋怨我又花钱买那么多东西，眼睛里却有泪花在闪。

饭后收拾停当，母亲竟逗起了小狗多多。母亲向来不喜欢狗。尤其是初来时，因为生疏，多多不友好地冲她吠叫，她对多多便格外厌弃。平日见我和小狗亲近，总是劝我离它远点。母亲说狗口气污浊，不要太亲近。这时母亲看着多多，眼里充满怜爱。多多也懂事似的，摇着尾巴跑到母亲跟前乖乖地趴下。母亲伸手爱抚多多，另一只手却禁不住抹起眼泪。

平日里母亲都起得很早。今天我起来时，她屋里的灯还未亮。我推开屋门，母亲却已衣着齐整地坐在小床上，收拾好的行李包静静地立在床前。见我进来，母亲便起身去厨房。我说今天你就歇歇吧。她说这点活儿累不着，边说边叮叮当当地忙活。其实厨房里要做的饭菜她早已准备好，大概怕吵醒了我们，等我起来才下锅。

去车站的路上，车很堵。我心里难受，车开得不稳，把母亲晃晕了。母亲平时就晕车，这次晕得更厉害，欲吐不能的样子，让我心如刀绞。想到母亲这次回去，再回来不知要到什么时候。

四个月，这是我离家三十余年，第一次和母亲一起生活这么久。似乎已经习惯了，似乎没想过她还会回去。这四个月里，有多少日子都浪费了，没有好好去珍惜。

母亲今年84周岁，老家农村有73、84躲坎儿的习俗和传统。母亲这次答应来住，对我是一种多大的福分，只是太短暂，明年不知还能不能再来。

梦里庄园

德爷家的房子在村子西南隅的台地上，是传统的青石老屋，完全契合了幼时的我们关于庄园的认知与想象。当时课本上关于地主庄园的描写让我们自然想到德爷家的房子。德爷家的房子就是庄园的结论很快得到同学们的认同，从此我们幼年简单的生活底片上开始不断印上庄园的意象。大家都对德爷的庄园充满了好奇，但多数人都没有走进庄园的机会，庄园便显得格外神秘，格外具有诱惑力。走进庄园成为村里每一位少年的梦想。

德爷的庄园与村子是断开的。屋后是一条蜿蜒的沟渠，似乎是庄园城堡的护城河。房子南边是一片稻田，稻田与房子之间是一片果园。西边是旱田青纱帐，种满了玉米和高粱。房前屋后长满了高大的老槐树。从村外老远就能看到，黑黝黝的一片树林，像一个古堡或者一个单独的村落，与整个村子显得有些游离与走调。

因为父亲去德爷家送救济款的缘故，我有幸跟随去过德爷家。德爷家戒备森严，别说孩子，平时大人也极少进去。房子东边有一条小路，穿过一片玉米地，沿着篱帐夹出的小道，紧贴着果园的边帐，蜿蜒迂回如过迷魂阵，走了半天才到院门口。刚刚贴近园子，两只牛犊般的大狗便嗷的一声扑过来，吓得我赶紧躲到父亲身后。父亲随手从园帐中抽出一根柴棍，身子向下一蹲，狗便呜呜叫着退回去，再走几步又扑回来，父亲一边挥舞柴棍，一边蹲步向前，大狗吠叫着亦咬亦退。直到德爷走出来，大吼一声，两只狗才夹着尾巴呜噜呜噜地跑回院子西侧的窝棚。

几棵老槐树把德爷家的院子严丝合缝地罩住，院子很阴凉，光线也很晦暗，印象最深的是碎石插铺的地面，还有德爷的金牙。这也契合了我幼小心灵对德爷家是庄园以及他庄园主身份的想象。屋子里更黑，但德爷的金牙却很亮。这使我想到座山雕。实际上，德爷是个穷木匠，房子是"土改"时分得的。一年中德爷大部分时间在外边干活，德婆老早就没了，三个孩子由老大带着草一样自由生长，饥一顿饱一顿，衣不蔽体是常事。德爷似乎并不管。德爷很少说话，不知从哪里抓出一把小梨递给我，我乖乖地接住，放到嘴里，甜得心都要化了。我知道这就是传说中的豆梨，皮是铁褐色的，只有纽扣大小，咬开一包甜水。这种豆梨很金贵，满村里只有德爷的园子里有，大概是德爷自己培育的品种，至今几十年再没见过。豆梨树很高，果子又小又多，收果时要用棍子向下敲。

德爷的园子应该有篮球场大小，但在儿时的记忆中似乎更大，大到不知边际。园子里果树品种很多，有苹果树、梨树，有李子树、桃树、杏树、核桃树、枣树，光梨树就有很多种，除了豆梨，还有茄梨、荏梨、香水梨。青黑的叶子下边，有硕大的或青绿或微黄或长满黄点的青褐色的果实，特别是如人参果般的茄梨，闪着黄澄澄的光亮，强烈地诱惑、刺激着儿时单纯的味蕾。挺拔高耸的豆梨树上，无数的小豆梨像星星一般在半空中闪亮摇曳。还有核桃，当时我并不认识，巴掌大的叶子下面，翠绿的带着白点的青果，让人生出如玉如诗的遐想。满园子多少果树，多少果子啊！这对于没见过世面的乡村少年来说，就是神奇的充满诗意与诱惑的伊甸乐园！

去德爷庄园的经历成为我在小伙伴中炫耀的资本。我的讲述更加激发了小伙伴们对于庄园的想象与好奇，每个人都发誓要到德爷的庄园闯一闯。

到了周末，从大连返乡的远房堂兄建军叫上几个同学开始策划攻打庄园的计划。德爷的庄园周围都是庄稼地，南边是低洼的水田，易守难攻。庄园的防卫可谓戒备森严、固若金汤。园子周围竖起一人多高的帐子，穿越帐子在技术上似乎不难，建军从家里找来了钳子和手锯。关键是庄园防卫力量太强大。德爷的三个儿子都比我们长得高大，都没有上过学，虽然吃不饱穿不暖，但个个身体剽悍，冷不丁会从哪里杀出来。建军似乎很有经验，说对付这三个"御林军"只能靠奇袭。半夜三更，瞅他们睡了，夜袭。最难对付的是两只大狗，据说是德爷在外边干活时从东家抱来的纯种狼狗。大狗对于声音和气味都特别敏感，人还没靠近园子，它们便嗷嗷叫着冲出来。想了半天，建军也有了破解的办法。回家找来几块馒头，抹上猪油，里边夹上老鼠药，准备放倒狼狗，智取庄园。建军的方案让孩子们兴奋起来，万事俱备，吃过晚饭便开始行动。

德爷的三个儿子似乎早就有了觉察。队伍刚刚接近庄园东侧的青纱帐，建军正要从挎包里掏馒头，大狗似乎从天而降，呼的一声蹿出来，吓得建军哇哇大叫，还没反应过来便被大狗扑倒在地。狗却并不咬，只死死按住建军的肩膀，德爷的三个儿子有如天兵天将，手持棍棒站在眼前。孩子们都吓傻了，德爷的三个儿子抡起棍棒冲每个人屁股狂揍几棍，吼一声"滚"，孩子们捂住屁股慌乱溃逃。

一战失利，小伙伴们并不死心。偶尔还会随建军在园子周围逡巡围观，但不敢靠近，一听到狗叫撒腿便跑。庄园便显得越发神秘，越发充满诱惑。

到了秋冬，园子里的果实收了，对孩子们的诱惑少了，但园子的魅力依旧不减。园子这时又成了孩子们的动物园，那些藏在园子里的小动物让孩子们彻夜难眠。村子里的人们都知道德爷的园子是狐狸、黄鼠狼的老窝儿。传说德爷只要一回来，黄鼠狼便会拖回两只鸡，一只拖到自己窝里，一只扔到院子里孝敬德爷。谁家鸡少了，女主人只在街上骂几声，却不敢到庄园来找。建军常带着我们爬到附近高树上，看黄鼠狼搬家。黄鼠狼妈妈在前边领着，长长的尾巴后头紧跟着一群小崽子，大摇大摆地从园子这头搬到园子的另一头。刺猬也是一窝一窝的，一串小刺猬在妈妈的带领下，在树下散步、晒太阳。两只狗趴在园子边上打盹，园子里的一切好像什么都没发生一样。

庄园的神秘感，使孩子们对德爷家的生活也充满了好奇。

德爷的三个儿子身上也似乎罩上了光环，俨然幸福的少年庄主。

三个儿子都不上学，老大有时会跟德爷外出学干木匠活，老二和老三还小，在家照看园子。不用上学，不用干活，在我们眼里他们自由自在，这是多么大的幸福！老三比我大两岁，因为没娘，德爷又常不在身边，经常衣不蔽体，夏秋只穿一件露肉的短裤，冬天单裤单褂，一年四季都是赤脚，倒是练就了一副好身板，一身好功夫。夏天里，老三整日在水里捉鱼摸虾，浑身上下晒得油亮，号称"浪里白条"。冬天我们滑冰，他也滑冰，打着赤脚滑得比我们还远。我对老三甚至有几分羡慕和崇拜，梦里常常把自己置换成老三，成为自由自在的庄园少主。看他赤脚滑冰如此潇洒，也不自主地去模仿，脱了鞋袜，刚站到冰上，脚板便一阵刺痛，无数钢针刺扎般的疼痛。赶紧重新穿上鞋袜，看着已经滑远的老三，心里只有空叹。梦里的情景也随老三的身影，逐渐淡远。

　　沧海桑田，如今德爷的庄园早已不复存在。每次回到村里，都会不自觉地去寻找西南隅那片蓊郁葱茏的神秘所在，看到的却只有一片平展的玉米地。那座青石老屋，那些老槐树，那些漂亮的果实，那两只大狗，那些小动物，所有的一切似乎从来就没有存在过。我和小伙伴们关于庄园的想象与寄托，在那个时段伴随我们成长，除了我们自己，谁还会知道呢？那种神秘与浪漫的感觉实实在在地存在于我们穷困与贫乏的少年生活，伴随我们的心智和灵魂不断丰满，引领我们发现和体会乡土的诗意与美好。

　　德爷的庄园，少年梦想的村野呈现，记忆底片永不褪色的诗意收藏。

大水

水是一夜间涨上来的。村南的河道有一百多米宽。平时河水很浅，清亮亮的河水，从黄白的沙滩上淌过，能看清水中逆流而上的小鱼。但是一到雨季，沙河便成了黄河。雨连续下了一天一夜，天像是被捅漏了。身为支书的父亲两天没回家了，一直披着蓑衣在外忙碌。村里的壮劳力都上了大坝，用沙袋在大坝上垒起一米多高的新坝，但水还在不停地向上涨。傍晚雨停了一阵，水开始回落。大家稍松了一口气，父亲和大部分村民回家吃饭休息，留下民兵连长带着几个民兵在大坝上打更执守。这次大水来得凶猛，水一旦溢出大坝，就会倒灌到村南的农田，进而淹没南街的民房。我家在北街，半山坡上，地势较高，水一般上不来。南街地势低洼，南街的住户一到雨季就提心吊胆。有一年河水倒灌，眨眼工夫便将南街的民房灌满，家家户户的锅碗瓢盆都漂了出来，囤子里的粮食全部泡汤，好在人跑得及时没有伤亡。这次村里准备得早，昨天父亲就让人招呼南街的村民把粮食、衣物尽可能地转移到村北高处的大队仓库。白天的时候，家家户户又都领了稻草织成的草袋。草袋里灌满土，在家家门口都垒起了挡水坝。但河水真要是溢出南坝，这些土坝到底能起多大作用，父亲心里也没底。

半夜的时候，被一阵当当当的锣声惊醒。父亲喊一声"坏了"，跳下炕，提上马灯便跑了出去。外边这时人声锣声响成一片。还没歇过乏的壮劳力们提着马灯、铁锹从各家各户往南河大坝上跑。南街的老老少少也都起来了，一窝蜂地往北街高地上的小学校跑。母亲坐起来，盯着黑黑的窗外嘟囔："南街糟了，大堤可别垮。"我也睡不着了，一边庆幸住在北街，一边担心大坝，祈祷老天别下雨了，大坝不要垮了。

小村一夜无眠。早上醒来，雨竟停了。南河的水也开始回落。大人孩子都拥到大坝上。大坝上一片泥泞，上下都很困难。沙袋在大坝靠近河床的一边垒起一米多高。壮劳力们大战了一夜，都累瘫了。父亲头上、身上全是泥浆，领着村干部们还在巡查水情，大多数壮劳力坐在沙袋或泥地上，一脸疲惫，有的已经睡着了。水在不断回落，汛情真的过去了，壮劳力们摇晃着陆续下堤回家休息。天真的晴了，村里老老少少们都来到南坝上看大水。孩子们格外兴奋，互相追逐，嬉戏打闹，有种见到大海的感觉，冲淡了此前的紧张气氛。

昔日安静清丽的南河，这时波涛汹涌，土黄色的河水浩浩荡荡，排山倒海地向下奔涌，河面比平时宽出几倍。南河沿的玉米地、地瓜地已经全被淹没。靠近堤坝的河水打出一圈一圈的漩涡，水面不断泛起一片一片黄白色的泡沫。不断有树枝、木块被河水扑到岸边。有勤快的人便将树枝、木块归拢到一起，捆绑起来扛回家晾摊晒干，这就成为最好的烧柴。老家称这种营生为捞扑柴（财）。捞扑柴的能手是南街刘家三兄弟——居深、居早、居远。三兄弟水性好，尤其老三居远，堪称"浪里白条"，赤条条地跳到水里，没有他捞不回来的宝贝。这时的水面，宛如一个巨大的传送带，源源不断地把上游的东西漂送下来。从岸上看，河面上远远地有一个一个的黑点，由远及近地漂下来。岸上的人都跳着脚猜，看不清是什么东西。有时是冬瓜、南瓜，有时是鸡鸭鹅，有时是木箱家具，有时是整根的杆子木材，让人猜不透上游是一个多么富有的去处，也让人揪心，这么多东西漂下来，不知多少人家遭水祸害。

这时只有老二和老三在坝上，老大作为壮劳力忙活了一夜回家歇息了。远处又漂过来一个黑黑的东西，好像还会动。老三一个鱼跃跳到水里，向那个黑点游过去。老二则在靠近岸边的水里准备接迎。老三是迎着黑点游过去的，一会儿便靠到跟前，跃身扑过去，那黑点竟然会躲闪，原来是个活物。老三扑了空，回身一个猛子从后边抄过去，用一只手向岸边的方向推拥那个黑点。慢慢靠近了，有人眼尖，叫道："是头黑猪！"等在岸边的老二很快游过去，也从侧面推拥着猪向岸边靠过来。这时早有人喊来了老大，老大从家里拿来了盛柴草的大网包，等兄弟俩推着猪靠近岸边，老大便将网包撒过去，一下罩住了黑猪。三个人合力将猪向岸上拖，岸上观景的大人孩子也一齐帮忙，黑猪不情愿地叫着被拖上岸，原来是一头足有一百斤的肥猪！老大找来木杠，老二和老三费了很大力气才抬起哼哼叫的肥猪，摇摇晃晃地走下河坝。三兄弟发了大财，成为大水后村里人议论的一段佳话。

雨彻底停了，河里的大水也很快退下去。河患解除，父亲又带着壮劳力们到地里排涝。村南、村西泊地地势低洼，这时灌满了水，不及时排出去，玉米、地瓜都会绝产。每块地都要顺着地势挖出无数条排水沟，地头的沟渠里的水也要排出去，否则仍会形成内涝。村里仅有的几台抽水机，昼夜不停地工作。南街的村民们，免了一场水灾，但也添了不少烦恼。门前的草袋土坝要拆除，满院子的泥泞要清理。人们陆陆续续推车到仓库里把转移的粮食、衣物推回来，免不了你多了、我少了的猜疑争执，父亲带上治保主任、调解主任去说和。有不懂事的南街人开始怪村里多事，不该让他们把粮食搬出来，完全忘记了大水的厉害，只抱怨眼前的麻烦。父亲冲那人吼了几声，众人也跟着骂过去。

最高兴的还是孩子们。大水退了，河道里又恢复了原来的水位，这是戏水抓鱼最好的时节。大水在河道拐弯处冲出一个一个小河湾，上游水库下来的很多鱼留在了河湾里。河湾的水很浅，最深处也不过一米。在河湾里捉鱼有几种办法：一是下水摸。靠近河岸特别是水草根部有一个一个的鱼窝，太阳毒辣的时候，鱼最愿栖息在这里。但是鱼很机敏，稍一靠近便倏地窜了，不易逮。二是下网。从家里找来挂在菜园篱笆上挡鸟的网片，几个人从两头扯住，横贴河底向前赶抄，但因为受网的面积限制，鱼总会溜边跑掉。三是在河湾下游处开出水道，从家里提来水桶，轮番向外排水，竭泽而渔。第三种办法有些累人，但最实用，收获也最大。一般一晌午便可将水排干，仅剩没过脚面的河水，可以

看到大大小小的鱼，露出黑黑的脊背，挤挤挨挨地在水里拼命挣扎游动。这时只消拿起网抄向外捞鱼即可。常常一个河湾可以捉到两三桶鱼。鱼以鲫鱼、白鲦为多，也有上游水库冲下来的鲤鱼、草鱼。小朋友们赤身光背地奋战一天，夕阳西下时抬着鱼获，唱着歌儿回家的感觉，让人陶醉。大人们忙活一天，吃到孩子们捉来的鲜美的鱼儿，嘴里不说，心里也是一种难得的享受。找出过节才舍得喝的老白干，小酌一杯，几天抗大水的疲累一扫而去。

大水带给人们突然而至的灾祸，也带给人们并肩抗灾、共度患难的温暖，还有战而胜之的快乐，以及不经意间的收获。村子在大水的冲刷、浸泡中顽强地成长，乡情也愈加黏稠厚重。大水让未成年的孩子们提前经受了灾难与凶险的磨炼，丰富了认知，深刻了阅历，精彩了记忆。

麦收记

麦收是村里人一年中最兴奋、最隆重的大事。从去年秋后麦子抽出针芽开始，经历一个冬春的风霜雪雨，终于盼来这一天。大人们兴奋是因为又有一季好收成，孩子们则高兴又可以吃到雪白喷香的大馒头。艳阳高照，知了在树梢上欢叫，村子周围山坡、泊里都是一片金黄，空气里弥漫着浓郁的麦草的干香。大人们都在忙着为麦收做准备。气氛像要打一场大仗，有些兴奋又有些紧张。村里大街小巷的黑板报开始换上了《三夏战报》的报头，动员广大社员全身心投入三夏会战，抢收小麦。大队的两台打麦机半个月前就从大队院拖到了麦场上，机工开始对机器进行检修上油。小学校也放麦假了，老师大多是民办的，都要回村参加抢收。孩子们大多要到地里捡拾麦穗，年龄大些的要帮着大人们打下手。身为支书的父亲，这时心总是悬在半空，每晚都盯着广播听天气预报，早上起来先看天会不会有雨。早饭也顾不上吃就各个山头跑，看哪一片地已经熟到火候。麦子收割时节的把握很重要，没熟透割早了影响产量，熟过割晚了麦粒会爆落到地上。父亲总是把握得很准，各个生产队都已习惯听父亲的指令，由父亲决定哪一片何时开镰收割。

母亲老早就把过年攒下的麦子从粮缸里挖出来晾晒，去磨坊磨成面粉。收麦的几天，要做最好的吃食，蒸馒头、蒸包子、捞米饭、擀面条。女人们从过了年就算计着把麦子留出来。总有不会过日子的，这时候麦子早已经吃完，只能到别人家去借。东邻大妈家年年都要找母亲借麦子，时间长了似乎已成习惯，母亲总是给她预留出来。

开镰是很隆重的。以生产队为单位，集中在一片熟透的地块。天很热，大家却都穿了很厚很破旧的衣服，领口都扣得很紧，有人还很严实地围扎一条毛巾。麦芒扎到身上红痒难受，宁肯热点也要包扎严实。父亲所在的二队，队长华叔总是让父亲第一个开镰。男女几十号劳力，听父亲一声喊："开镰！"大家呼喊几声一齐躬身挥镰，刷刷地开始收割。父亲总是割得很快，一会儿便把别人落下很远，大田里收割的阵势逐渐呈现扇形状态。收割小麦时大家都处于半蹲状态，左手一抡抓住一丛麦棵，右手挥镰后拉，一把麦子就被齐齐地割下来。顺手放到左大腿与身子之间夹紧，到了无法再夹了，抽出一束麦秸捆扎成捆，身后很快便会躺倒一片麦个子，有如大战之后的战利品。

　　割麦是一年中最累最苦的活，老家有句俗语：宁扛一天包，不割一垄麦。太阳毒辣地在半空炙烤，麦地里热气向上蒸腾，还没动汗水已经将衣服湿透。加上麦芒刺扎，再厚的衣服也能扎进去，经汗水浸泡，火辣辣地痒疼难耐。割麦时身体半蹲，劳动强度很大，再好的身板也会感到腰酸腿麻，一般割几捆就要立身歇一会儿，期待着有一股凉风吹过来。偶尔也会有惊喜发生，突然有鸟儿扑棱棱飞起来，大家一齐嗷嗷欢叫，站起来向鸟儿飞起的地方凝望，有人会托出一只鸟巢，里面有几只花斑的鸟蛋。有时也有大的惊喜，麦田里会嘎嘎飞出野鸡，留下一窝青绿的野鸡蛋。大家放下活计一齐跑过去。野鸡窝像个小箩筐，全用草根草叶围成，比鸡蛋略小的野鸡蛋一层一层整齐地摆在里面。大家感叹不已，有惊奇、有羡慕，也有些许的嫉妒。捡到的人则一脸喜气，端着鸡蛋半天不知所措。意外的收获与惊喜，冲淡了大家的疲累燥热，也成为麦收期间家家户户议论的热点话题。

到了晌午，通往麦田的山路上会出现一拨一拨送饭的妇女和儿童。送到地头，队长会吼一声："开饭了！"大家放下活计，啊唷一声伸展一下腰身，走到地头树荫下开始吃饭。吃饭是分散的，各家一摊，每家的饭菜都摆在地上，自然有一种比拼。各家主妇都是拼了自己所能，把最好的吃食搬出来。主食多是大白馒头或白米饭，也有蒸包。菜也尽可能地有蛋有肉。母亲这时总是做父亲爱吃又下饭的虾酱鸡蛋糕、流油的绿皮鸭蛋，蒜薹炒肉或洋葱炒肉，有时还会蒸几条春天腌制的小青鱼。父亲和所有壮劳力们大快朵颐，一上午耗尽的能量重又添注到每个人的身上。吃过饭后，父亲又咕咚咕咚连喝两碗母亲熬制的解渴酸汤，一身的乏累一扫而光。

割过的麦捆由拖拉机随后拉到麦场，晚上就要抢脱出来。跟车收拾麦捆的多是半大小子或年龄稍大的妇女。装车也不是好活，累倒不怕，主要是麦芒总会透过衣服扎得浑身刺痒。我曾自告奋勇要求装车，只干了半个上午，实在无法忍受，趁着到地头喝水的机会，和另一位小朋友悄悄转过麦田，从小路逃离。

麦捆拉到大场上，先垛起来，到晚上脱粒时再用铡刀靠近穗根拦腰铡断，使麦穗与麦秆分离。麦穗运到脱粒机上，由一个戴了口罩、风镜，浑身包扎得密不透风的年轻劳力站在高凳上，一把一把续进脱粒机的膛口，麦粒从另一侧的出口吐出，由两个也是全副武装的壮劳力，撑着麻袋口接住。被碾轧分离出来的麦秧则从下边的传送带吐出来。经机器压轧的麦秧绵绵软软，是絮草褥子的极好材料。

晚上的打麦场上格外热闹。割了一天麦子的男劳力又转战麦场，抢脱麦粒。场院地势高，不时有微风吹过来，比白天凉爽许多。天空很蓝，有无数星星闪烁。打麦场上埋了几根大木杆，一百瓦的电灯泡挂在上边，把麦场照得如白昼一般明亮。电灯周围无数飞虫翻飞起舞，不时会有葫芦蛾子飞扑过来。柴油机和脱粒机在轰鸣欢叫，大人们都在忙着铡麦捆、脱粒、扬场、堆垛。孩子们则过节般地在雪白平滑的场地上欢闹。一会儿围着灯杆捉蛾子，一会儿围着麦秸、麦秧垛玩家家、捉迷藏。有的在还没垛好的麦秧垛里挖洞，钻进去半天不肯出来。有时玩累了会在软软的麦秧垛上，闻着麦草的香气，数着星星睡去。偶尔会有精力充沛的小伙和情窦初开的姑娘躲到麦秸垛后搂抱亲昵，被人发现后惊叫着跑开。有时也有惊险的事情发生，某某的衣服被脱粒机皮带卷住，差点连胳膊带人拉进去，幸亏机工眼疾手快及时合闸。某家孩子在麦秧垛里睡着了，被整理麦秧垛的大人叉到了大腿，万幸没有叉到头脸或者肚皮，也是有惊无险。

麦粒脱出后装进麻袋，运到场院的西北角。父亲和另一位扬场的老把式华叔在这里完成最后一道工序。父亲手执宽大的木锨将带着麦糠的麦粒迎风高高扬起，麦糠随风飘到一边，干净的麦粒雨点般落在父亲跟前，父亲眼都不眨，继续挥锨再扬。麦粒落下时，华叔则挥动大扫帚掠扫一遍，麦糠被扫掠得一干二净。两个人一扬一扫地重复动作，看似简单，实则技术含量很高。尤其是扬麦的人，要有力气，一大木锨麦粒足有一二十斤，要扬到几米的高度，关键还要根据风向，把握木锨上扬侧翻的角度，麦粒散开，风正好吹过来，将麦糠吹离，麦粒干净利落地落下。扬场的都是几十年的老把式，年轻人尽管力气充足，但角度和风向极难把握。经父亲和华叔扬过的麦堆如一座小山不断地长高长大。这是全队一年的收获，全队各家一年的细粮和工分收入，一村老小的期盼和希望都在这麦堆里。

天快亮的时候，最后一捆麦子脱完，机器"呜——"的一声停了下来。大家扔下手里的工具就势在机器旁、麦场上、麦秧堆里躺卧下去，闭眼在麦香中眯睡过去。天一亮又要拿起镰刀奔赴西山，那里的麦子也熟了。

　　国哥是我的堂兄，大我近三十岁，名字叫刘国，自记事起我就喊他国哥。每次回家，第一个见到的人一定是国哥。国哥站在村口，看到我就冲我伸出大拇指，嘴里呜噜呜噜自言自语，听不清他说的什么。国哥不是在等我，清晨或傍晚总能看到国哥在村口站着，一往情深地盯着通往山外远方的村路。是在凝望山外远方的世界，是在期待迷离如霞的秋水伊人。年复一年地凝望、等待，不知道他心中外边的世界是什么样子，不知道他心中那位佳人的样子是否有所改变。

　　国哥本来会说话，因为耳聋，想说的话总出不了口，语言功能日益退化，成为半哑巴，总是自说自话，别人也听不清他说的内容。国哥天资聪颖，虽未上过学，但家里来往账目全是他管理，一般账目不用纸笔算盘，挥手即清。我小时常听奶奶讲，国哥是六七岁时才聋的，他原本聪明伶俐，奶奶特别宠他。麦子刚熟，奶奶就牵着国哥的小手到自家麦地里掐麦穗搓给他吃。搓去麦皮和麦芒的新鲜麦粒倒进他的手里，还没送到嘴里，麦粒有多少他已经数得一清二楚。上学时老师领读课文，刚念完他已经完整地背下来。可惜的是，上学没几天，耳朵便流脓，实际是患了中耳炎，没有及时诊治，导致耳聋，因此辍学。

国哥年轻时是南村北疃有名的帅哥，高挑身材，五官轮廓清晰，头发浓密微卷，有点像当时电影里的阿尔巴尼亚人。他穿着打扮十分讲究，完全没有农村小伙的土气。只要收工回家，国哥总是洗刷干净，换上笔挺的深蓝国防服，头发梳得铮亮，上衣口袋里别着两支钢笔，在村口站着，直到天黑得看不见了才转头回家。很多初到村里的人，都以为他是城里下乡的知青。那年县里剧团来村里演出，国哥帮忙搬运戏箱、扎台子、挂幕布。剧团的女一号见了国哥眼睛一亮，想不到这偏僻小村竟有如此文气帅酷的小伙，而且一声不吭，埋头干活，人品也让人喜欢。女一号名叫王卿，待字闺中，对国哥一见倾心。当晚演的是《朝阳沟》，王卿也是入戏了，现实中也把自己当成了银环，但又不好表白，据说第二天专门骑车来村里见了国哥。国哥对她更是一见钟情，昨晚看戏后一夜没睡。戏中人真的来到身边，而且专程来找他，国哥喜出望外，但呜噜呜噜说不出话来。王卿这才知道国哥是哑巴，滚热的芳心一下凉到脚尖，悻悻地骑车走了。国哥仍未死心，一直送到村口，盯着王卿骑车的身影从视线中消失，一直盯到太阳下山。

王卿走了，把国哥的心也带走了。王卿再没有来。国哥白天在地里干活时，总会不停地扭头向路口凝望，收工回家匆忙洗把脸换上干净衣服便去村口等。国哥从此成了戏迷，不论哪村演戏，国哥都会去看，但总也找不到王卿的影子。

家人劝他不要等了，国哥听不进去。村里人给他介绍对象，国哥一概不见。我离家外出上学那年，国哥已年近四十，仍是天天在村口等。每次我回来，他都要拉着我连比带画地说半天。国哥一辈子没有走出小村，他总是向我竖大拇指，意思应该是夸我、羡慕我走出了村子，走到了外边的世界。他不知道外边的世界是什么样子，但他知道外边的世界有他的王卿。从他的自言自语中，隐约能听辨出王卿两个字音。看得出，他一直坚信王卿会来找他。这是他生活的全部。

几十年过去，国哥老了，王卿在国哥心里依然年轻，只是不知在哪里。当年的帅小伙，已是满头白发，眼睛也不再明亮，开始变得迷茫浑浊。村里村外发生了很多变化，国哥的生活也发生了很多变化。算起来国哥已快八十了，也许是内心有梦，精神平静纯粹，他看上去比实际年龄要年轻一些。国哥身体一直很好，干活从来不惜力气，生产队干活时评工分总是满分。单干后他和弟弟、母亲一起生活。母亲年纪大了需要照顾，弟弟智商有点偏低，除了简单的农活什么也不会。国哥白天忙地里，回来还要待候老娘，做饭，喂鸡，喂猪。老娘走后，国哥和单身的弟弟一起生活，种庄稼、种菜，日子过得简单而平淡。不论忙闲，国哥爱美的心始终没有变化，不论什么时候，都把自己收拾得利索干净。他喜欢种花，院里院外种满了月季花、木槿花、鸡冠花、凤仙花，姹紫嫣红，如花园一般。这一切是否都与王卿有关？国哥的世界，一切都应该如王卿一般美好。偶尔国哥会让弟弟开着三轮车拉他到附近镇上转一圈，看场戏，买点零用东西，给自己置办一身时新衣服。国哥的衣服始终是符合时尚潮流的。过年时一定要买两只通电的大灯笼挂在门口，耳聋听不到声音，也要买一大包鞭炮，亲自点燃。

　　这几年国哥苍老得很快，原本雪白的牙齿也开始脱落。不能下地干活了，国哥大部分时间都打发在了村口。原来是站着，现在腰腿不行了，或坐或蹲，但一双浑浊迷茫的眼睛，始终一眨不眨地凝望着村口通往山外的路。那里有他未知的谜一样的世界，那里有他五颜六色的梦想，那里有他等了一辈子的爱情。

白果树下

白果树不是一棵树，是我邻村的村名，是我奶奶的娘家村，距我们村一公里。老人们习惯称呼它白果树底下，如今的年轻人则简称其为白果树。对这一村名，多数乡亲已经习以为常，很少去想它的来历。我从记事起，就对这个村名产生了好奇。问奶奶，白果树是一种什么树？奶奶说她也没见过，听她的奶奶讲，是一棵两人也抱不过来的大树，树冠能把半个村子都罩过来。到了夏天，树上会结出一串一串绿杏一样的果子，秋天变成白色落下来，有硬硬的壳，吃了强身健体。听了奶奶的解释，我对这棵奇异的大树充满了诗意的想象，对白果树这个不大的小村，更感到了一种难以言说的神秘。

小村只有几十户人家。树很多，房子都在高大的绿树的掩映之下。从远处看，村子就是一座翁郁葱茏的森林。树多是槐树、榆树、杨树、柳树，也有少量的梨树、桃树、杏树、苹果树，但没有白果树。小村坐落于一个山坳里，像一个瓢的形状，瓢口向南面的沙河敞开，村子中间向南是平地，北面东面是山，村北一片苹果园，西面是稍缓的山坡。一户一户的人家就散布在山坡和相对平实的瓢底。房子都很老旧，多数是碎石插砌的墙面，也有下面斗石上面青砖套墙的，但一色都是茅草盖顶，很少的几户是垄状的细瓦，那大概是过去地主家的房子。说到地主，奶奶就生气。奶奶说地主很恶毒，奶奶的哥哥——我的舅爷爷就是让还乡团也就是村里原来的地主毒打而死的。舅爷爷是地下党员，据奶奶讲，地主将舅爷爷捆绑起来，又灌辣椒水又上老虎凳，最后吊到树上活活打死。舅奶奶为此哭瞎了双眼。当然，中华人民共和国成立后地主被政府镇压了。但让人想不明白，一个小村里住着，何以会生出如此大的仇恨，看来白果树下也并非都是田园牧歌，白果树下也有阶级的仇恨，也有斗争和牺牲。好在那种悲剧早已成为历史，如今的小村祥和、安定。房子都是依山就势，没有一条贯通的街道，一条一条白细的小路，如网一样，也像白果树的树冠，枝枝杈杈地将各家各户串通起来，显得小村错落有致，又有几分幽深难测。

都说白果树下风水好，有史以来小村就出能人、出美女，男人聪敏俊帅，女子秀丽貌美。不足百户的小村，几乎家家户户都有在外读书或做事的。尤其是女子长相出众，在周围十里八乡赫赫有名。小时同学里长相好的，不用打听肯定是白果树的。一位姓唐的音乐老师，堪称风华绝代，时至今日，无以计数的影视明星未见出其右者。那时她还是民办老师，每天从白果树下的家里走到设在我们村的联中上课。不论上学放学，她的后边总会有一串串半大的男生悄悄地跟随。只要她走过，地里的男人会放下活计，行走的女人也会驻足。在乡人的眼里，唐老师就是下凡的仙女，不知多少怀春的少年因为唐老师而彻夜难眠。

风水应该与水有关。小村南边的沙河与我们村的南河相通。

这条河是抱龙河的一条支流，是少有的由东向西流淌的内河。沙河发源于东面的大山，流经白果树村南时拐了一道弯，形成一个天然的河湾，水明显比上游和下游都要深。村南的河岸向河中间凸进去，两面都是深绿的河水，每次走过那里，我都会生出一种远古渡口的臆想，揣测小村的先人是发现了巨大的白果树而从这里上岸的。渡口无船，河湾之外，水实际已经很浅。清亮的河水渗进村里，又经水井渗出，甘甜纯美，这可能就是树绿人美的缘由吧。

白果树村子东面是汤泊温泉，去汤泊赶汤必须从小村经过。每次走到小村，都有一种穿越远古的神秘感。脑子里总有一棵高大的白果树的映象，又不知其藏在哪里。年龄稍长，我曾和同学相约着去村里探访。问过和父亲年龄相仿的表叔，也问过和奶奶同辈的老者，多说没见过，只是听长辈传说。有的说在村南河边，还有的说在村北沟沿。但走遍小村，半点痕迹也没有找到。按奶奶的说法，两人合围还抱不过来，恐怕要一两千年才能长成。这个小村，建村年代应该和我们村相当。我们村的村志记载是清代末年建村，距今也就二百多年的历史。二百多年的时间，一棵老树，不应该消失得无影无踪。也许这棵树压根就没有存在过，只是先辈的一种诗意的向往。也许先辈是从一个有白果树的地方迁徙而来，为了纪念而以树名之。

但是小村的人们至今确信，曾经的那棵枝繁叶茂、顶天立地的白果树，实实在在地长在村里的土地上。白果树又叫公孙树，是荫庇后人的吉祥树。那样粗壮，又是那样挺拔，那样葱茏蓊郁，又是那样果实丰茂，该令后人何等踏实与骄傲。这样的一棵大树，不论经历怎样的岁月沧桑，都会把一种美好吉祥的信息，从远古一直延传到现在，深深地种植于后人的心里，使他们在大树之下安然、美好而又自信地生长，开花，结果。

白果树下，一种诗意的栖居，一种久远而又美好的精神赓续。

济南的春天很短，就像大戏开演之前跑出来报幕的小姑娘，懵懵懂懂跑到台上转一圈儿，人们还没看清她的模样便不见了。

为了这短暂的亮相，春姑娘也是铆足了功夫。春节刚过，南山的雪还没有化净，她在幕后已经抑制不住涌动的春情，风儿刚一转向，她便蹑手蹑脚地跑下山来，脚步轻柔，但还是十分清晰地叩击着人们的心扉。趵突泉灯会的余辉还在闪烁，千佛山上的蜡梅已经绽开了娇艳的嘴唇，阵阵幽香随风浮动，搅得半城人心神难宁。过了二月二，护城河边的柳丝便开始变得柔软，颜色也由红变青。泉城公园的白玉兰，毛茸茸的骨朵儿，如喜鹊的喙，仿佛正在攒着劲地绽放，待等春风一劲便绽喉放歌。

过了三月，济南的春天便开始有了颜色。各种花儿次第开放，像芳心初萌的少女，一笔一笔地在嫩白的脸蛋上涂脂抹粉。当然没有江南的梅花那般妩媚，没有婺源的油菜花那般铺排热烈，没有武汉、南京的樱花那般娇艳；旧时济南的花都有些羞答答的，隐在湖畔泉边，藏在高墙大院。珍珠泉的海棠，趵突泉的木香，黑虎泉的蔷薇，五龙潭的丁香，都幽幽地躲在水边或者假山的背后静静地绽放，有些孤芳自赏，但却都是用足了心劲儿，一片一片地着色，装扮得济南的春天多情而又生动。

这几年城里城外种树种花，清明过后，几场小雨，一夜南风，济南气温俨然入夏，泉城一下变作了花城。马路边、庭院前、楼宇间，到处是红的桃花、粉的樱花、白的杏花。迎春、连翘满眼满坡地绽放，还有双泉的小婺源、九如山的小江南……花开得也是纷纷扬扬，赏花的人群就像赶集一样。热烈喧闹虽然不是济南春天的主调，但也恰如步入青春期的少女，一头撞开成人的幕帷，脸上泛起一片潮红。

如果说花是济南春天的头饰与腮红，那么水对于济南的春天来说，则堪比少女美丽的眼睛，纯净、幽深而又灵动摄魂。春

水初开，趵突泉仿佛按压不住春情萌动，玉液琼花，汩汩喷涌，有如三朵硕大的莲花，撒着欢儿地绽放。护城河水越发清澈，随着船儿的划动，水波轻漾，可以清晰地看到水下青绿的水草欢快地摇曳。五龙潭水更加幽深难测，清黑如墨。大明湖水面平滑如镜，微风轻拂，清亮亮的水面细波如鳞，仿佛无数的生命都在眨着眼睛从睡梦中苏醒。这时候柳树的毛絮已经绽开，垂至水面的枝条也已吸饱了水分，由青转绿，细细的柳叶刚刚吐出雀舌般的芽儿，远看如绿烟翠雾，恰好洇湿明湖烟柳的诗情画意。

若是天晴无风，你又足够幸运，远在城南的千佛山，这时会比深秋时节更加清晰地倒映在湖面。佛山倒映，线条轮廓清晰可见，山色浓淡层次分明，远胜东海的蜃楼幻境。一幅大自然肆意泼洒的水墨，叠映出济南之春穿越古今的诗情神韵。这时的济南，已如告别青涩的少女，成熟火热，风情万种。

一杯沧海

细雨中的青岛别有韵致。微风在半空将细雨织成轻纱，整个城市都有了一种朦胧的诗意。雨水洗过，瓦更红，树也更绿，石砌的路面更显爽净清亮。中山路上笔直高拔的桐树，紫白的花朵连成一片，雨雾中格外亮眼；八大关的石墙上、栅栏上，粉白、紫红、杏黄的月季，顶着晶亮的雨珠在微风中摇曳。因雨而生的雾气将海与天连成一体，栈桥有如长龙卧波，回澜阁飞起的双层檐角龙首般在云雾中若隐若现。远处的小青岛，在雾气的缭绕中，如诗如幻，让人生出海市蜃楼的错觉。

我和朋友沿海边的木栈道向前走。木栈道被雨水冲刷得清白干净，栈道下边就是被雨水、海水浸泡得金黄闪亮的细沙。分不清是涨潮还是落潮，海水不断地涌到脚边，抛一串浪花，又恋恋不舍地退去。木栈道因坡就势，顺着海岸线，曲直有度，依山傍礁，总也离不开海。拐过太平角，走得累了，看到前边拐弯处、山脚下，雾气弥漫中，一座木屋，静静地等在那里。

是一间咖啡屋，抑或酒吧。门面不大，不注意甚至看不清是歇脚的地方。门口就是栈道，栈道上方是全木质的别墅式平房。规整的方形，一扇临海的大落地玻璃窗，古朴中透着磊落、现代的气息。原木的墙体几乎和栈道一个颜色，被水冲刷得有些枯白。靠近栈道是半人高的木质栅栏门，门内几级台阶，台阶两侧是木栏围裹的木质平台，摆了几把藤椅。一侧有楼梯通到房顶，房顶是平展的大平台。平台上束着几把白色帆布大阳伞，伞周围也摆了几把藤椅。无雨的傍晚或者月夜，坐在藤椅上，沐着海风，眺望眼前的大海，远处的船只帆影，还有大海之上的星空，该是多么惬意！

推门进屋，一股淡淡的咖啡香气迎面而来。门口是一个吧台，一位女孩正在调制咖啡抑或是酒水，见面只微笑点头，并无别处酒吧的过度热情。屋里很静，空间很小，吧台对面靠里墙面是一个半敞的小包厢，靠窗则是三只沙发。吧台、包厢以及沙发角、茶几上，看似随意实际十分考究地摆放着时尚杂志以及中英文的读物。包厢里已经有人，两位，竟然是一位红衣喇嘛和一位面孔端庄清秀、戴着无框眼镜的知性美女！平素内地尤其青岛这样的沿海城市极少见到的红衣喇嘛，竟在这样狭小的空间邂逅，而且还是和美丽的女郎一起，着实让人感到诧异与好奇。喇嘛和美女每人眼前一只深蓝的茶杯，几碟干果，神情专注地悄声细语，不知是在切磋佛学，还是在探讨世俗的学术抑或生活问题。虽然相隔不过几米，却听不清说的什么，也不知道所讲是藏语、汉语还是英语。那女郎应该不是藏胞，那喇嘛面色黝黑红润，是来自高原的知识渊博的高僧学者，抑或时下流行但莫辨真伪的"仁波切"？两人何缘，又缘何在此

相聚……

我和朋友在临窗的沙发背对着包厢坐下，吧台姑娘送来茶单，朋友点了红茶和干果。窗外细雨落木的滴答声、身后什么也听不清的低语，让人心存狐疑，却又不忍心讲话，生怕打破这种静谧而又神秘的意境。

细雨还在淅淅沥沥地下，微风将细密的雨丝串起，在宽大的落地玻璃窗与大海之间，形成一道薄薄的纱缦。眼前烟波浩渺的大海和远处若隐若现的小青岛，包括右前方红色礁岩上方的红瓦绿树，显得朦胧而又诗意浓郁。这是看海的绝佳位置，只这样坐着，不动不说就是美妙的享受。茶几前方，窗台前一个小木架上，放着一只硕大的水滴状收口玻璃杯。视线稍微放低，那圆鼓鼓的杯腹，竟如一个硕大的放大镜。先前窗外的景致，大海、小岛以及红岩和楼宇竟全部装进了杯中。一杯装沧海，一杯盛世界。正如这小小的咖啡屋，虽然不露声色，却装下了多少让人想都想不出的故事，装下了多少人间的爱恨情愁、酸甜苦辣。窗外的雨声和身后的低语混在一起，如一种深情的浅唱低吟，让人深切地感受到生活的博大丰富与多彩美妙。

我和朋友走出小屋，那女郎和红衣喇嘛还在不紧不慢地喝茶、低语。走下台阶，偶一回头，这才发现小屋门楣上方还悬着一块字迹模糊的木质牌匾，这才知道这小屋原来叫"一杯沧海"！门角一片崂山石板，上面刻了一首诗，不知是否为小屋主人的大作，题目竟也是《一杯沧海》：

> 每个人都是一只杯子，
>
> 只是杯子的大小不同，
>
> 有的只装着自己，
>
> 有的装得下一片汪洋……

海兰泡的落日

　　每一个对中国历史稍有了解的人，对于"海兰泡"三个字以及那段沉痛的历史都不会陌生。当我走出中国海关的大门，那条历经沧桑的大河就呈现在我的面前，它宽阔而平静。这就是我们常说的黑河，也称黑龙江，对岸的俄罗斯人称为阿穆尔河。这条静静地流淌了几千年的大河，曾经目睹了人类历史上极其惨烈、极其野蛮、极其悲壮的一幕。站在她的身边，任何一个有感情、有血性的中国人，心情都会难以平静。正午的太阳照在河面上，闪动着粼粼的波光。我仿佛看到七千余名同胞被刀枪镇压着，黑压压地奔涌过来。一片一片的人头，像一层一层黑色的浪花。河水像一头吃不饱的巨兽，一会儿就将他们吞没了。无数的尸首漂在河面上，河真的成了一条黑河。时隔一百多年，河两岸已经是一片和平、热闹的景象。每天都有成千上万的中国人从河上穿过，到对岸那片曾经是我们自己的土地上观光、游览或者经商。两条现代化的渡轮穿过时空的阻隔，将历史之痛抛得很远，将好奇的人们带到有些神秘的对岸。

对岸的城市我们叫作海兰泡，俄罗斯人称为布拉格维申斯克，意思是报喜之城。当我知道这个名字的真实含意时，心里禁不住一阵疼痛。这个名字将沙俄帝国的霸权野心和志得意满的狂傲嘴脸体现得淋漓尽致。这是一个只有23万人口的城市，但却是俄罗斯远东地区的第三大城市。它没有高楼大厦，没有像样的建筑，陈旧的二三层楼房散落在城市的几条不大的街道两侧。街上人很少，偶尔有老旧的伏尔加、拉达以及不知名的面包车、小货车驶过。商店都很小，购物的人也不多，与对岸我们的黑河市形成强烈的对比。站在河岸上，对岸看得十分清晰。高楼林立，一片蒸蒸日上的繁荣气象。

城市最好的去处要数博物馆了。这是一座不大的三层拜占庭式的建筑，临街。博物馆室内陈列与中国博物馆很相似。从一楼到三楼分别陈列着反映从远古一直到今天布市发展历史的实物。讲解员是一位刚毕业不久的年轻姑娘，说着一口不很流利的中国话，但是态度非常友好，讲解也十分细致。只是讲到布城来历时，讲得很快，也很简略，只介绍了一下建城时间和历任市长。至于那场战争，特别是那场惨案，则一带而过，很快就过渡到经济物产部分。我知道姑娘的良苦用心。我自己回过头来，一件一件地细看那些饱经战乱、浸透着我们同胞鲜血与民族耻辱的实物遗存。我看不懂俄文解释，但从展台上的展品，特别是那一门大清特制的大炮以及长枪等实物，从那悬在半空的巨大的象征着沙皇统治的镏金双头鹰国徽，可以清楚地看出，对于那段历史，他们有难以掩饰的自豪与骄傲。这是我的猜测。我很想知道普通俄罗斯人的看法。问那位年轻的讲解员，她盯着我看了好久，似乎听不懂我的话。我又重复了一遍。她耸耸肩膀，摇头一笑，用不太熟练的汉语十分吃力地说，那是历史，她没有经历过，不懂。

　　下午，朋友领我们去访问一个集体农庄。集体农庄是苏联时期的说法，现在他们也已经分田到户了。我们去的这家户主是一位六十多岁的老人，名字叫列拉。他自己种着五亩地，有一辆轿车。两个儿子都在城里工作。老人的房子紧靠着公路，是一幢别墅式的小楼，周围种满了各种水果和蔬菜。老人老早就在院子里等着。车一停下来，老人一边摇着我们的手臂，一边用不太熟练的中国话说："欢迎，欢迎。"脸上是只有农民才有的那种十分质朴而又真挚的微笑。通过翻译，老人告诉我们，他的老家在乌克兰，他们是俄罗斯占领布市以后，移民过来的。我问老人是否知道那场战争。老人说，当然知道了，是听老人们说的。老人说，这一带原来住着好多中国人，江东有六十四屯，后来俄兵赶跑了他们，打死很多人。老人摇摇头，沉默了一会儿，十分诚恳地说，我们应该是好朋友，打仗不好。听导游说，老人有很多中国朋友，每次中国朋友过来，都要到他家里做客。老人热情地领我们参观他的房子。房子外观挺漂亮，里边陈设很简单，但收拾得利落、干净。老人又是倒水，又是到院里采摘柿子给我们吃，这一刻，我被老人感动了，心里暖融融的，生疏与隔膜一下子没有了，我甚至有一种回到农村老家的感觉。

回到宾馆已经是下午六点多了。我们下榻的宾馆，名字叫友谊饭店，大概是专为中国人建的，很普通的一座七层平顶楼房。除了服务人员是俄罗斯人以外，其他真的感觉不出是在国外。房间十分简陋，与国内的乡镇招待所差不多。我走出宾馆，见门口有一位卖邮票的俄罗斯人，便与他攀谈起来。他的名字叫萨沙，今年36岁，说着一口流利的中国话。他对中国的情况了如指掌。

我与他谈起那场战争，他十分坦然地说，杀人是一种罪恶，但那是历史，已经过去了，重要的是现在，我们现在关系挺好嘛，友好往来，中国不是有句名言叫作一切向前看……

他那真诚又无所谓的样子让我无言以对。告别了萨沙，我信步来到黑河岸边。这时候太阳已经落到了水面，一轮金黄的火球，溅得河水像火一样红。枯水季节，一半的河床已经裸露出来。我顺着台阶走下河沿儿，脚下踩着被河水冲刷得晶亮的鹅卵石，心里又一次涌起感情的涟漪。这一带是黑河河面最窄的一段。我知道，一百年前那些无辜的同胞就是踩着这些鹅卵石走向死亡的，这一枚枚普通的鹅卵石曾经浸染过无数中国人滚烫的鲜血。那被太阳映红的河水，仿佛就是那燃烧着仇恨的鲜血之河。走到水边，掬一捧河水，冰凉彻骨。这曾经见证了那场灾难的河水，流过了一百多年，还是当年的样子。但是河两岸已经发生了巨大的变化。河水中的血腥气早已经消散了，人们的心境已经十分平和、冷静。两岸的人民已经成了伙伴与朋友。我想起萨沙的话，想起海关口岸那涌动的人群，想起贸易市场上中国人与俄罗斯人并肩做生意的火爆场面，想起列拉以及街头相遇的友好的笑脸。是的，历史已经过去了，中国已经强大起来，中国人受欺侮的日子像这被太阳映红的黑河的水，已经一去不复返了。只是作为后来人，那些黑暗的日子，不论到了什么时候，我们都不应该忘记。

太阳落下去了，明天又是一轮崭新的太阳，一个崭新的日子，一河崭新的清亮亮的黑河水……

声音

到哈尔滨不游太阳岛似乎是一种缺憾。

站在江城抗洪纪念广场向北望去，太阳岛近在咫尺，实在看不出有什么特别的地方。水是浑黄的，沙滩也不平整，只看到阳伞、游船和密密麻麻的人群。看景不如听景，看来太阳岛也不例外。我最后还是抵不住那首名曲引起的想象的诱惑，和几位同伴租了一只快艇，向对岸驶去。

太阳岛上十分热闹。一溜长堤，堤下是一片不很宽敞的沙滩，搭了不少花花绿绿的帐篷和阳伞。看得出，沙滩上游玩的大多是本地人，或者是一家老小，或者是恋人，但更多的是一群群充满活力的少男少女。他们有的在沙滩上打闹，有的在帐篷中闭目养神，有的在阳伞下打牌嬉戏，有的在烧烤食物、开怀畅饮，有的在弹拨琴弦、引吭高歌。水中更是挤满了游泳、嬉戏的大人孩子，一对对年轻男女则划着小船，在用安全网围护起来的江水中轻轻地摇荡。这才像歌中唱的那个太阳岛，一种江城特有的浪漫与火爆，我想这种浪漫与火爆就是太阳岛的韵味与魅力所在吧。只是这种韵味与魅力并不属于我们这些来去匆匆的外地游客。

　　按照路边摊主的指点，我们走下大堤，沿着一条宽宽的马路向北走。路上几乎没有什么行人，路两边是一片片的绿树。绿树掩映之中，可以看到一些漂亮的别墅小楼，有的还挂了牌子，大多是疗养院、培训中心之类。这是一个不小的镇子，只是居民和行人很少。太阳岛公园就在镇子的中央。这是一个十分普通的公园，但是整齐、洁净。绿绿的草坪，各种颜色的花畦，草坪与花畦之间不经意地点缀了柳树、榆树和各种不知名的阔叶树木。有的树龄很老，有合抱之粗。公园里人不多，三三两两地散落在公园的各个角落。走得累了，便在一棵大柳树下的长椅上坐下。一阵清风吹来，夹着柳叶的清香，让人感到一种从未有过的舒爽与快意。草丛中有草蝉在鸣叫，我突然感到异样的寂静，江边的喧嚣似乎顷刻间消失得无影无踪。静，一种撼人心魄的宁静，让人生出置身世外的感觉。闭上眼睛，似乎听得见小草在微风中轻唱，听得见云絮飘动的窸窣声响。天空蓝得让人心醉，白白的云彩一堆堆地簇拥着，层次分明，离地面又近，像在飞机上平视的云朵。远处传来一阵六弦琴的旋律，低沉、轻柔，一颤一颤地弹拨着心弦，灵魂似乎也随着旋律在微风中轻轻地飘动。时间似乎停滞了，一切似乎都停滞了，我感到自己来到了一个梦一样的优美世界。这时候，我才真正体会到太阳岛的美之所在。如果说，水边的浪漫是太阳岛的魅力与色彩，那么，这远离市井的宁静则是太阳岛内在的神韵与气质。也许正是因了这宁静，那浪漫才显得洋溢和火爆。

离开太阳岛的时候，太阳已经西斜了。当渡船驶过江心，回望太阳岛，我突然发现在太阳岛与对岸之间架起的那座号称全国唯一的单臂斜拉桥，极像一架巨大的竖琴，静静地竖立在绿绿的太阳岛的怀抱中。我不知大桥的设计者是不是有意为之，我想应该是的。我由衷地佩服这位设计师，他真正参透了太阳岛的神韵。风儿吹动着竖琴的琴弦，奏出迷人的近乎天籁的旋律。那旋律一直伴着我登上对岸，伴着我离开美丽的江城。

直到现在，只要想起东北之行，我就会想起太阳岛，就会感受到那份独有的宁静，那如天籁般让人心跳的乐声就会悠然响起——那是一种需要用心去听的优美的声音。

古村访记（三章）

上九古村

邹城之南，上九古村。背倚九山，面向鲁南平野。始建于宋末，至今仍人丁繁盛，郑、商两姓，凡三百户，计千余人。世说齐鲁古村：北有井塘，南有上九。更有方家考曰：上九古村，乃邹鲁文化之活化石尔。一曰重理。村落布局，取易之上九吉卦，依山顺势，一街一巷，一宅一井，看似随意，却尽在数理。二曰有智。村街、屋墙俱就地取材，花岗石砌，却机巧精致。柴门石户，外观粗简，却别有洞天。郑家胡同、山里胡同依山就势，蜿蜒幽深。财主家宅深院阔，却也厚朴磊落。六合院一门六院，父母居上，五子分五院顺坡依势次第而排，错落有致，各守一隅又互连互通，实乃乡建之杰作。三曰钟文。昔有村塾，后有乡学，不分贫富，咸重诗书。四曰崇礼。村风纯朴，崇贤尚德。郑商各有家训，传衍百世，诵之行之。婚丧嫁娶，礼规千代，繁简有矩。想夕阳西下，炊烟袅袅，耕夫牵牛荷锄而归，村妇引童相迎，石板村路，欢声笑语。至夜，天蓝星烁，山夜静寂，萤飞虫鸣，石墙灯影，如诗如画……

井塘故事

井塘古村，青州之南，沂山之阴。山如纱冠，水清若镜。明末清初，浙江钱塘张氏、河北吴氏、河南杨氏三族陆续迁居于此。截水成塘，垒石造屋，生儿育女，历十几代，凡几百年，虽种姓有异，来有先后，三姓始终和睦共处。传张氏有女，其貌动城。州官倾醉，入赘东床。架楼筑台，栽榴植杨。更有杨氏善财，居深山而汇天下之财，垒石屋而营齐地第一银庄。废墟之下，演绎多少悲喜故事，世代传承，续写一部艰辛却也温暖的移民传奇。

以石头写历史，以石头刻沧桑，残垣断壁述说岁月艰辛，石径古树见证苍生悲喜……

博山窑村

博山窑村，陶业古镇。始于战国，兴于宋元，明清已名扬四海。清末民初家家窑工，半城窑炉，炉火如霞映城堞，窑烟似雾笼四野。一时博陶声名冠天下，古镇喧哗胜名都。后陶市式微，产业更迭，古窑老炉多停火废坍，世传窑匠纷更业转行。今漫步古镇，宛入陶海，街巷两侧百炼陶模铺路垒墙，举目所及古陶旧器架棚盖屋，更有百年古窑因街傍屋而矗，断壁残垣间时光倒流，彼时陶事之盛如在眼前……

千年古窑兴废倏忽之间，万代传艺更需窑变之力。古陶之盛不再，新瓷之兴日隆。国瓷琉璃如蝶蛹百变，根脉在兹，风骨在兹。

人的一生，有如在漫长的山路上夜行。似乎总是受着一种自己也说不清楚的光亮的魅惑，一步一步地往前走。每个人都坚信下一步一定比现在美好，更远的地方尽管模糊，却更让人充满希望，似乎只要走到那里，现在的一切就会改观，这一辈子便不会白活。人们执着地迷信未来，未来的"鱼肚白"永远那么神秘魅人。

有时候禁不住地想，一个人临死的时候，他会想些什么？那时候脑子里还有希望的光亮在诱惑他吗？我想起小时候随大人们到县城看公判大会。记得邻村一个杀人犯，脑后衣领里插了一根刀形的死刑牌，立在刑车上被押赴刑场。我清楚地记得，他低着头伏在车栏上，一双猫一样的圆眼睛在车下人群中搜寻，见到熟人就点头笑一下。那时候很害怕，也很纳闷，他似乎并不是去死，而像是去一个十分无关紧要的地方。后来枪声响了，我的心里也嘣的一声像有什么断了。当时我就想，他死了，死之前他会听到这声枪响吗？听见枪响他会不会产生打别人或者打鸟的错觉？自那以后，我便时时想起那双眼睛，似乎那双眼睛永远那么骨碌碌地活着。

现在想，当一个人被押往刑场，在身后的行刑人举枪向他瞄准的那一刹，他的脑子里也许会出现短暂的空白，但只要他没有吓瘫，没有因恐惧而失去知觉，那么直到枪响，直到彻底与这个世界诀别，他都会期望着下一秒会有奇迹出现，期望着一种想不到的力量来挽救他，甚至希望自己是在梦里。那时候，他意识的空场上，会爆起一星奇异而微弱的火花。我想，那位邻村人就是在这种火花的闪灭中被击中的。

有时候禁不住问自己：你的希望之灯是什么？我自己真的回答不出。街对面是一家舞厅，迪斯科舞曲和闪烁不已的霓虹灯纠缠在一起，把夜晚搅得多彩而又迷离。从窗户上可以看到年轻人们癫狂扭曲的身影。天天面对着它，天天受着乐曲旋律的鼓噪与诱惑，我竟从来也没有进去走一走的念头与欲望。看看周围的墙壁、高楼和花花绿绿的一切，正像找不见希望之灯一样，怎么也闹不明白眼前为何总是那么黯淡。我想可能是因为我的心变得越来越老了，在这个拥挤的空间里。我常常自觉不自觉地想念故乡，想念那些艰苦却充满希望的光灿灿的日子。这是不是一种衰老，一种退化，一种对现代生活难以适应的病态？

记得高三那年，我和另外一位同学"买通"了学校后山石英矿的一位看矿老人，每晚自习熄灯以后到他山顶上的小屋里休息，为的只是熄灯以后，能再学习两个小时。

那晚，我和那位同学最后一批从教室里出来，雪下得正猛，迎面扑来的风雪吹得人喘不过气来。那位同学抓住我的衣襟大声说："我们回宿舍吧，今晚太冷……"我没有回答，也没有回头，跨过断墙继续向北面山坡走。经历过高考的人都知道，一个安静的夜晚有多么宝贵。山坡上那幢孤零零的小屋里的灯光召唤着我们。没有了墙的阻拦，风更大了，白天沟沟坎坎的山路早已被雪埋平。我们只能凭着记忆和感觉，跌跌爬爬地往前闯。走到小屋，我们几乎都成了雪人。等着我们的看山老人早已睡了。那一刻，我感到世界上再也没有比这间四面透风的小屋更安静、更温暖的地方了。

小屋当然并不暖和。风声夹着雪末儿从没有泥好的砖缝、瓦缝穿进来。我们用被子包了身子，就着昏黄的灯光继续埋头苦读。

那场暴风雪几十年罕见。

早上一醒来，我们都呆了。被子上盖了厚厚的一层雪。炕洞里的火早已经熄灭，炕上、炕下，跟外面一样，白花花的一片。三个人都从被窝里探出头，呆呆地看了很久。

现在想来，那雪被似乎并不寒冷。记得我们将雪被掀掉，从雪底下将压在被子上边的衣裤掏出来，龇牙咧嘴地穿上，丝毫没有感到多么艰苦，倒似乎是一种难得的体验。记得早上太阳出来暖暖地照着，我第一个走出屋子直爬上山顶。山顶零零星星的几棵松树一夜之间针叶被冻得发青发黑。从山顶往下看，小屋、学校，还有远处的田畴、村庄都是一片洁白。我惊奇地发现，洁白的雪野被太阳映着，一闪一闪，射出一种五彩斑斓的光亮。我的心里十分激动，就是那一刻，我十分自信地感到，我一定能考上大学。那个白雪皑皑的山顶，似乎是一个支点，站在那里，未来的一切似乎都变得那样明晰。那雪野上蒸腾移动的五彩光亮，内容那么丰富。

我始终觉得，那雪光是一种近乎圣灵的光亮。因为雪光，那段本来十分难熬的日子才变得那么富有光彩，寒冷和痛苦才变得毫无力量。神奇的雪光，支持、吸引着我从那个冬天走出来，走到现在这座五光十色的城市。有时候我禁不住怀疑，那雪光是不是这座都市所折射的海市幻象？我想起那句"得到了也便失去了"的谶言，山坡没有了，小屋没有了，那种真正让我激动的东西为什么也随之逝去了？

有时候想，假使再回到那个小山坡，再有那么一场大雪，我会不会再有那种心境？那种雪光会不会重新映现？面对现实，我只有摇头。那种雪光、那种灵悟只有少年时代才能体会到。我已经无法只想着远处而不去看眼前的无数具体问题。成年之后的心境有如一堆乱麻。人的一生实在难以预料，我越来越感到自己的视力和心力都在退化。听着生命之钟嗒嗒的节律，我只有盲目的期待。就是在这时候，我感到我似乎理解了当时的那位同学。我不想这样。我还是在心里呼唤，另外的一种什么光亮总该有吧，只要能让我激动。

静夜像一堵厚墙，世界狭小得只剩下眼前的一个角落，远处传来汽车马达的轰鸣。我推门走上阳台，心里忽然一跳，夜岚像无边无际的波涛，翻滚着向北涌来。我看到远处天边微露的鱼肚白一点一点地向我眼前推进，缓慢但是底气十足。夜在退缩，黑暗在退缩，我忽然有了十几年前站在小山顶上俯瞰万物的感觉，我想起那句唱俗了的歌词"妹妹你大胆地往前走"。我真想扯着嗓子吼上几句。我心里一颤一颤地激动，似乎得到了一种暗示，我听到一种声音在对我说：点燃你希望之灯的，只能是你自己！

　　我回到屋里，激动得几乎难以自持。我努力地使自己冷静下来。我重新扭亮桌上的台灯，金灿灿的灯光召唤着令人着迷的想象。我似乎又回到了那山坡的小屋里，我看到自己有如窃得圣火灵光的山鹰，正扑棱着翅膀掠过漫漫夜空向远处的鱼肚白义无反顾地飞去。我知道我缺少的是什么了，只要有了它，我的希望之灯，就会灿烂无比。

美是无处不在的，关键是我们应该有一双发现美的眼睛。世界越来越富有，商品五花八门、琳琅满目，我们的眼睛已经变得越来越迟钝。我们时常感到，世界除了物质还是物质，这种物理性的认识妨碍了我们对美的把握和感知。美离我们越来越远了，物化、世俗化的生活使我们穷于应付，越来越疲累。这时候我常常想起阿尔卑斯山山间公路旁边的那块木牌，那位好心人写的"别忘了欣赏"几个大字，一闪一闪地刺激着我们每一个人的视线。是的，我们都忘了欣赏了，我们似乎只是为了完成一个过程，急匆匆地从这一端奔向那一端。我们需要有人大喝一声，提醒我们这是生活，重要的是体味和欣赏，而不是完成。

城市用机械的物理切块将人从自然中隔离、监禁起来。这种监禁的结果，使人整日劳碌奔波。自然，离我们越来越远，而我们的眼界也变得越来越世俗和狭小。都市生活看似现代，看似丰富多彩，实则非常简单和原始。

阿尔卑斯山山间公路的木牌提醒我们应该懂得生活。当然，要体味生活、学会欣赏并不那么简单和容易。我们的生活还不富裕，我们的工作还很紧张等等，可以列出一大串无暇顾及美的理由。这些都是对的，但我们忽略了一个最基本的道理和原则，美与贫富无关，美是无处不在的，关键是要有心，要有这种思维，要训练这种习惯。有时候只需你多看一眼。一天中你完全可以抽出点时间看看眼前的风景，看看树木、花草，哪怕只一眼，你也会有新的发现，你会对生活有一种新的认识和感受。不需要去花钱费时，不过是举手之劳。现在人们大多已经习惯了心安理得地享受现代化带来的舒适，很少有人想到，在得到这种舒适的同时，也失去了很多感受美的机会。比如汽车这种哼哼怪叫的铁家伙，把人们唯一可与自然亲近的时间也给吞噬掉了。朋友老B对此非常警惕，他所居住的宿舍与办公室之间相距四五里，单位有班车来回接送，但他却坚持不坐班车。在他看来，每天上下班的这段时间是与自然亲近的难得机会，哪一天没有自己步行走一趟便有丢失很多东西的遗憾。这条路线在城市边上，紧傍着一座小山，中间有一条十分美丽的绿色走廊。路西边是两排高大粗壮的法桐和赤杨。树是几十年的老树，主干粗壮，枝杈在路的上方自然交错搭成一道密不通风的走廊。夏天的时候浓荫蔽日，走进去丝丝凉意沁润肌肤。冬天从这里走过，密密层层的树枝衬得蓝天格外高远，空气过滤得格外清新。秋天从这里走过，满地金黄的落叶，走在上边，咔啦咔啦地爆响，让人生出无限的遐想。春天从这里走过，片片鹅黄透出春的气息，让人激动得喉头发紧。走廊南边的小山上，四季苍翠欲滴，秋天更显得美丽。片片红叶点缀在绿绿的山坡上，似锦似缎，生机盎然。妙就妙在这里是城区与郊区的结合部，走到这里，便有一种扑进自然的感觉。办公室里的琐碎烦恼，城区与路上的喧闹嘈杂即刻无影无踪，令人不自觉地有种换气的感觉，吐纳代谢，似乎从这里走过去，每个人又变成了一个新"我"。很多人理解不了这种妙处，对他放弃现代化的享受而甘愿吃"苦"大感不解。他向人们宣传，向人们解说，但还是少有人能够如他一样。人们都感到山顶还远，似乎不属于欣赏眼前的风光。

现在，城市里可供欣赏的风光越来越少了，而我们又几乎无法走出城市，无法摆脱现代化的控制。物欲的力量远远超出美的力量，美在一步步地退缩。美被吞噬了，变成了廉价的钞票。尽管如此，我们还是要不断地发现美，欣赏和体味美，以美的视角和思维去体味生活、创造生活。人类需要美，地球需要美去装扮。

　　钞票可以一把火焚了，而美却永在人间。

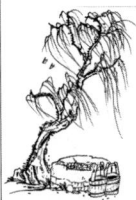

牛毛细雨被风织成了雾幔，将蒲家庄团团裹住。沿阡陌小路走进庄子，便走进了那被雨水洇湿的沉沉厚书。

先生没有出来迎我们，这样的天气不适合——雨水会湿了马褂，会泡落那满腹的故事，况且先生也见不得那哼哼怪叫的进口汽车。先生差了他的后人，着西装革履，散逸地立在青砖黑瓦之下代他候客。从来人那憨憨的笑里，让人看到先生的纯朴与和善，看不到一点狐烟仙气。

小院的门始终是敞着的。只是人多了，妖狐都跑了。但是先生呢？先生在哪儿？满院里难见先生。才子美女，华服玉佩，异香袭袭，先生自然是要回避的，先生喜静。静静的默想中，那妖狐才和他攀谈，那仙气才可以不绝地缭绕。门前的那穗棒子还在，日月风蚀，并没有长毛。那架老藤还在，秋雨淋着，越发旺盛地顺着老屋欢欢地攀长。屋内书案、虎床还在，铺盖也还放着呢，只是寻不见先生。有人说，先生上后山了，先生常去那里。教完了书，先生便倒背着手，任秋雨打湿马褂长衫，任秋风撕扯瘦黄的发辫，低首爬上庄后的土坡。先生在那条穿沟过林的小路边上搭了一架凉棚——那里有一眼井、一棵老柳树。先生在那里蘸着泉水润笔，润腹中积得久了的神气。天将黑了，风刮得小了，沟里暗得只剩下松树、柳树的影子，这时候先生便将住那把白须，像是逮住了哪个调皮狐仙的尾巴。先生笑了，那狐仙也笑了，笑得放肆、开心，先生便醉了，醉倒在沟里。

　　风大了，雨也急了，有呜呜声传过来，是那青狐在哭么？罡风鬼雨如剑如鞭，抽得青狐翻滚跌扑，溜着沟沿草丛逃到先生膝下，扫着尾巴嘤嘤哭泣。先生倚着石栏，睡意正浓，没有听见，便有一群赤狐白狐老老少少相牵相扶逃过来，跪伏仰首，泪眼哭求，先生的泪便顺着睫毛滚下来，如胭如脂，落进井里。先生从怀里摸出那管秀笔，蘸了那泪，便有朱红木剑倚天而立……

　　风刹雨住，一行人头发湿湿地站在沟口土坡，看沟里烟雾翻

卷，阴风惨惨，娇声狐气便灌满了沟沟垴垴，灌得一行人身上发冷，心里打颤。先生这时候已经揩干了胭脂泪，顺着小路倒背双手悄然折回书斋，把那本装订细密的厚书轻轻合上，只留一路痴人，在那沟垴崖坡上发呆发怔。

晚霞的余晖将沟垴照得透亮。有人下去了，看那沟中杂草丛生的小路，便发现了狐狸的脚印，秃了的老树上一只黑白杂毛鸟嘎的一声飞出去，只一抖，汗已经渗出来，便有人大叫，狐狸！狐狸早循着风声远去了。有人问庄里人，多一霎儿？庄里人抿住嘴笑，二百年。那狐狸是随先生去了，去追先生，追到先生便有自己的命。

循着狐仙的足印儿一叶一叶找到了先生苦守的那座大山。与身前身后的几座无异，只是山前坑坑点点，有人说是狐狸下跪的痕迹。很远的地方有一座小房，一块青石记着先生不愿看的文字。石碑尽管用铁栏护住了，还是有泥巴抹了几下，可能是哪位调皮的小狐为讨好先生干的。先生把这些看得很淡，一生都在风里雨里，这些便如纸扎花鸟一般轻薄。后辈人出门必坐汽车，先生总是倒背着手，低头顺阡陌小路踩着杂草枯枝独自行走，先生见不得那些热闹。

雾气又漫上来，天将黑下去。先生的那座大山被秋田连绵地包住，夜岚在极宽极广的空间里弥漫，有人听见一声叹息，便有青狐出来清场——先生该休息了，明日还要教书。戴眼镜的才子说，先生活得太累。听见狐仙"呸"的一声，极尖酸地喊，你懂什么——

那进口的汽车逃得极快，一会儿便被雾霭吞没了。先生的后人仍旧站在青瓦檐下，憨憨地笑着，代先生送客，直送到看不见颜色。

过年

中国的春节是世界上独一无二的节日，延续了几千年，有如窖封经年的老酒，绵长醇厚，让每一位中国人心醉。不分文野高下，也不问贵贱尊卑，每一个中国人都有一种浓浓的"过年"情结。人们盼年、赶年、忙年，那浓浓的年味儿透过"吃"与"玩"的简单形式，让人们感受到一种深深的情义，感受到几千年传统积淀的神圣与博大。"年"那丰富的内涵和古旧的形式，是透视中国社态民情的最佳渠道和焦点。祥和、喜庆的气氛把人们的心情带入一年中前所未有的放松、自由和兴奋状态。人人脸上都写着笑意，人人都会不自觉地进入一种"过年状态"，平时拘谨的这时往往也会变得狂放豪爽，平时粗俗蛮野的这时也会表现出温文尔雅、文质彬彬，平时怒目相对的两个人这时可能双手一抱酒杯一碰而尽释前嫌、不再计较。每一个家庭这时都布置一新，春联与大红的灯笼相映，人们难忘过年的美妙。春节无论对大人，还是对孩子，都充满了魅力，充满了诱惑。

迎　年

离春节还有近一个月，"年"的气氛已经很浓了，孩子们早早地开始掰着指头算日子：还有几天过年？大人们也总是合计着：春节在哪儿过，回不回老家？实际每个人心里都在惦着即将到来的"年"，都在做着或心理或物质的准备。政府的工作日程上也把春节摆在了重要位置，各级都在强调和筹划春节物资供应和春运两件事。电视里反复报道与春节有关的新闻。等到过了腊月十五，一年一度的春运拉开了帷幕，"年"似乎一步就要跨到眼前了，人们便禁不住心里开始发毛。街上到处堵车，大街小巷人满为患，大小商店更是人头攒动，熙熙攘攘。人们开始购置年货，准备礼品，为孩子选购过年的服装。家在外地的人们开始预订回家的车票、船票或机票。车站、码头、空港更是热闹又忙乱，到处都塞满了手提肩扛大包小包回家赶年的旅人。大街小巷卖年画、春联、拜年娃娃、鞭炮的摊点，生意火爆，卖冰糖葫芦、甘蔗等小食品的也一拨儿一拨儿出手很快。空气中不时传来零零星星的鞭炮声。"年"已经如一个充满魅力的情人，在不远的地方招手等候了，人们一边毛手毛脚地赶着手头的工作，一边小步跑着向她赶去。

赶　年

每一个离家在外的游子都有赶年的体验与经历。那年在北京，办完了事到西单闲逛，那天是腊月二十九，离过年还有一个多星期，本打算再玩几天，买点东西便回济南。走进西单大街，看到匆匆忙忙、熙熙攘攘的人流，心里忽然感到一种强烈的想家的紧迫，似乎"年"已经逼到眼前了，人们都在忙着办年货，只我一个人在千里之外的异乡游荡。这时候，商场广播里传出李春波演唱的歌曲《一封家书》，听到"今年春节我一定回家"一句时，我心头一热，眼泪哗的一下涌流出来。这一刻，我开始明白《一封家书》为什么会让那么多人感动。我当即转身跑回旅馆，退掉了早已订好的火车票，改乘当晚的汽车急不可待地往回赶。

回家过年的紧迫心情，很多人都有所体验。一位朋友曾与我说过这样一个故事：那年腊月，他与妻子在离他们老家不远的邻县的海边小镇度假。海边的雪景让他们流连忘返。忽然有一天，几声清脆的鞭炮声一下子勾起他回家过年的强烈愿望，当晚就回去收拾行李，第二天一早便来到小镇车站。不巧那天下了一夜大雪，大雪将通往县城的唯一一条公路埋住了。公路不通车，他与妻子只好耐住性子等，一天一夜几乎没有合眼，不时起来看看窗外的雪是不是已经停了。第三天，雪仍旧在下，可是年已经就在眼前了，他一咬牙，与妻子扛起行李，不顾招待所服务人员的劝阻，沿着崎岖的山间公路向县城走去。这个小镇离县城七十余里，他们整整走了一天。傍晚的时候总算赶到县城车站，当他们踏上最后一班驶往他的家乡的汽车的时候，两个人都禁不住泪流满面。

忙　年

过年的乐趣之一在于忙，不忙不热闹，不忙不火爆。

实际上，从进了腊月便开始忙了，要制作或者购买一家老小过年的新衣，要备好年货，包括鱼肉蛋类等等，要置办礼品，还要打扫房间，要请人写对联，要贴年画，等等。最忙的莫过于主妇，在我们家最忙的是母亲。进了腊月，母亲便开始自己动手制作过年的吃食。先做酱油。商店里虽然瓶装、散装的都有，但都不如自己做的好吃。再做豆腐。自己用小磨磨出豆浆，再在大锅上蒸煮熬制，最后点好压实，一方一方地装坛入罐，放到外边冻起来，等孩子们从外边回来过年再开封。过了腊月二十三的小年，便开始做年糕、蒸饽饽、煮肉以及炸鱼、炸肉、炸丸子、炸抄手等，一天天排好，直忙到大年三十。尽管忙，母亲的心情却非常好，脸上总是挂着甜甜的微笑。

腊月三十的早晨，吃过了早饭，父亲便带着孩子们贴对联、挂灯笼。喜庆的气氛一下子盈满了小院，孩子们乐得又蹦又跳。到了晚上，一家人热热闹闹地吃团圆饭。一向禁止孩子们喝酒的父亲宣布解禁，大人孩子不分男女老少，想喝就喝。孩子们照例是主角儿，吆三喝四，推杯换盏（都是饮料），而大人们仍旧斯斯文文，有父亲在，大家都不敢放肆。吃过了团圆饭，便开始守岁，男人们打扑克、下棋，孩子们看电视，母亲则带着儿媳们一边包除夕饺子，一边拉呱、看电视。熬到眼皮发沉的时候，除夕的钟声当当地响了，还没等钟声响完，鞭炮声已经噼里啪啦地响成一片。父亲也从炕席底下拿出烘得焦干的千响浏阳花炮，亲自提到院中。当鞭炮闪着火光噼里啪啦炸响的时候，父亲、母亲和所有站在院子里的亲人们，脸上都闪着激动的泪花，鞭炮声把充满希望的新的一年带给了我们。

迎新的鞭炮声连绵不绝地响了半个多小时，整个山村的夜空被花炮辉映得五彩缤纷。放过鞭炮，母亲已煮好了饺子。饺子里包了经过消毒的硬币，谁能吃到就预示着谁来年财运好，这自然又触到了孩子们的兴奋点，虽然不饿，也一个一个吃得很甜很香。新的一年已经来到了，人们带着兴奋的心情，踩着地上五颜六色的鞭花炮屑走上街头。转一转，走一走，呼吸一点新年第一天的新鲜空气，人们把这叫作"踏年尖儿"。转回来的时候，天边已经露出曙色。大人、孩子这时都焕然一新，穿着崭新的新年衣服走出各自的房门，开始一年一度的大拜年。先是爷爷奶奶，然后是伯父、叔父以及本家的长辈，再后是兄嫂，最后是邻居和朋友，由里而外，由上而下依次拜下去，问一声过年好，炕头上坐一坐，情谊浓浓的，如醇酒般醉人。有孩子的要带上孩子，孩子们也不会白去，向大人作过揖问过好便可以得到数目不等的压岁钱，所以孩子们这时候往往比大人更兴奋、更积极。

初一这一天，男人们是最忙的，几乎所有的男人都不在家。拜过了初一，初二便要拜姥爷姥娘，拜岳父岳母，拜姑姨娘舅，一般都不在本村，便要合家出动，牵儿带女，大包小包地出门。从这一天开始，直拜到正月初十，只要是长辈，只要是亲朋好友，都要去拜一拜、看一看。谁串的门多，谁家的亲戚多、客人多，都是一种荣光，一种吉祥。这时候吃饭、喝酒成了一项重要内容。今天你请，明天我请，家家都弥漫着酒香，人缘儿好的一天要喝好几场，从早上起床一直喝到子夜零时是常事。男人们脸

上都红扑扑的，街上不时可以见到摇摇晃晃、手舞足蹈的醉汉。

忙拜年、忙走亲戚，忙喝酒、忙招待客人，还要忙"玩儿"。村里总要组织排戏、请戏，四邻八村巡回表演，轮流送戏，或演吕剧，或扭秧歌，孩子们便有了热闹的去处。姑娘、小伙子们骑上摩托去县城看电影、跳迪斯科。不愿活动的，便三五成群地凑起来打扑克、下象棋或者打台球、垒"长城"……

忙过初十，歇息两天，又要忙十五了。十五要扎龙灯、排社戏、踩高跷，还要蒸面灯，也要放鞭炮。短短一两天时间，村里村外又以一种新的狂热，把"年"推向一个新的高潮。正月十五的月亮落下去的时候，人们才踩着满街的鞭花炮屑回家，在面灯的余光中，在鞭炮硝烟的余香中枕着"年"的尾巴甜甜地睡去。

热闹了将近一月的"年"，这时才如早上天边的星星，拖着长长的尾巴恋恋不舍地离去。孩子们还没有玩够，大人们也不愿意从浓浓的年的氛围中走出来。过了十五，一切都要重新开始，上学、下田、外出做工，每个人都要回到各自的岗位。"年"已经走远了，人们又把深深的眷恋化作期待，振作精神，一步不舍地赶下去，三百六十五日之后再与她重逢。

古角

越来越多的游客慕名来到成山古角，循当年始皇东巡的辇道，领略沧桑古角的神韵。

自威海卫向东南驱车一小时，即可抵达荣成成山卫，再往东二十余里，便是当年始皇东巡的辇道了。史书上说："二十八年，始皇东行郡县……过黄、腄，穷成山，登之罘，立石颂秦德焉而去。"又记："三十七年十月癸丑，始皇出游。……自琅邪北至荣成山……"（《史记·秦始皇本纪第六》）十年间，始皇竟两次君临成山，足见成山头魅力之大。我们不能不佩服始皇的勇气和魄力。两千多年前这里还是不毛之地，两千多年前这上万里的路途该有多少艰辛和险阻。我们不能不为这位帝王的眼力所折服，万里迢遥，他竟寻着了这么一处风水佳地。

似乎有一种神奇的力量，刚出成山卫，你的眼前便会一亮。天蓝海阔，山清水秀，一抹青山自成山林场向东绵延，愈往前走，山势愈高愈陡。紧傍着大海，一排排红瓦白墙的别墅小楼点缀在山水之间，鲜亮如画。一望无边、苍茫渺远的海水撕扯着大山的裤脚，海水的尽头是天，天似乎刚让海水洗过，湛蓝湛蓝，几朵白云棉絮一般白亮耀眼。偶有风过，便有一丝一丝的云絮在黑黝如铁的山尖上缭绕、飘游，丝丝缕缕似在眼前一般清晰。

车过落风岗，便能看见天门了。天门雪白，全由汉白玉砌成。高达二十米的巨大弧形门框，像两只巨大的手臂，尽力向上，力图触摸天上的云彩。进天门，先要去看始皇庙。从外面看，始皇庙比一般的庙宇还要小。南北两进总共不过十几间青砖黑瓦房。始皇庙又叫日主祠，最早是始皇的行宫，当年始皇就是在此止辇歇息的。秦亡以后，公元九十四年，汉武帝刘彻东巡成山，礼拜太阳神，在此大兴土木，建造了冠绝一时的日主祠。

日主祠内没有始皇的牌位，也不见汉武的影子，残留的秦砖汉瓦让你自己去想象和体会当时的情景。日主祠内供奉的是民族英雄邓世昌的木刻雕像。雕像已被风蚀得布满了裂纹。脸上、身上被香火熏得发黑发灰，但坚硬的红木仍旧透着一股刚硬的民族豪气。当年甲午海战黄海主战场就在成山头以东海面，参战的水兵有不少是成山头人。至今山下仍有渔民家里保存着先辈身着北洋水师水兵号服的相片。甲午海战战败，三万多日军自成山头落凤湾登陆，连挫清朝守军，北进威海卫，北洋水师全军覆没。后来，成山百姓含泪将炮火击毁的日主祠修复，并请工匠造邓将军木像一尊，将本乡阵亡水兵牌位立于将军左右，供奉于内。如今每逢年节和清明，仍有老渔民手提包袱自备酒菜来始皇庙"拜拜邓将军"。

从始皇庙出来，跨进天门便是"天街"了。迎面便是那块刻有"心潮澎湃"四个大字的石碑。极目远望，天高海阔，满眼无边无际、碧蓝如镜的海水。"天街"不宽，刚能跑过一辆汽车，傍着山根凿出的黄土路面，平整、坚实、洁净，纤尘不染。有雾裹挟着浓浓的海的鲜气，随着一阵一阵吹来的海风迎面扑来。愈往前走，风愈大，雾气也愈加浓重，还不时传来震人心魄的嘭——轰的响声。那是成山头的涛声，成山头的海涛是一大胜景。

转过一片松林，眼前豁然开朗。山和树都隐去了，只看到海和天连成一片，分不清哪是海哪是天。雾气倒是淡了，但海的气息更浓了。从无边的大海中无遮无拦吹来的海风有如过水的绸丝，将你围裹起来，让你感到透彻肺腑的凉润与爽快。三面都是海，脚下突进海中的尖角只有几米宽。大海这时已不再是蓝瓦瓦的锦缎一般，而是灰乎乎、黄泛泛的一片。海和天似乎都立起来了，有难以捉摸的力量自天边向下挤压，水下似有无数被挤住尾巴的蛟龙，呼啸着，翻搅着；又似无边无际的红眼狮群，撕咬着，嗥叫着，自天边铺天盖地、排山倒海迎面冲来。海上生风，风卷狂涛，一排又一排巨浪滚滚而来，"嘭——"的一声冲到礁石上，又"轰——"的一声抽下去。那声音似乎要把你的心腹掏干净，那气魄似乎要把脚下的礁石一口吞没。无数水珠刚刚哗啦啦落下，第二排巨浪又呼啸着、嗥叫着冲上来……

勒有"天尽头"石碑的望海亭连着曲曲折折的十八盘梯阶探进海里。从后边看去，像一条蛟龙，昂首扭身，与气吞万里的巨浪搏击缠绞；又像一顶不慎落水的轿子，被无数冲天的水柱和雪白的浪花簇拥着、围裹着，随时都有沉没的危险，让人眼晕心跳。那十八盘梯阶尽管不断辗转腾挪，也还是躲不过海浪的撕扯，低凹处不时被吞没。这样，登上观海亭便是一次艰险的考验，胆小的不敢过去，走到半路被浪花追着嗷嗷叫着逃回来。

只要你登上去，你就会对大海有一种更深的认知，你的心里就会感到一种从未有过的震撼。站在几十米高却只有几平方米大的一块礁石上，面对着大海四面狂涛的合围之势，你会感到恐惧，也会感到一种透彻肺腑的旷达和开阔，你会有一种融于大海的感觉。大海将你的心胸洗透了，让你体会一种行尽天涯路的绝望与自豪，让你体会一种"视通万里，思接千载"的境界。面对无际无涯、混沌渺茫的大海，你会感受到一种沟通的愿望，此岸与彼岸沟通的愿望。从这里出发，只需几个小时便可抵达另一个国度。这是现代人的境界，当年的始皇站在这里一定是满目的迷茫与恐慌。望海亭所在的这块礁石又叫射鲛台。始皇面对狂涛巨浪，断定水中有大鲛作祟，怒发冲冠，挽弓引箭，直至弓断矢尽，大海仍旧狂涛不止。始皇也曾试图修桥过海与海神相会，海神无信，将快要修通的海桥拆翻，始皇差点落海丧命。留下四个桥墩，向后人诉说他的千古遗恨。这四个桥墩就是观海亭西南海面上的四块巨型礁石。今天，人们叫它"秦桥遗址"。

类似的传说很多。始皇是带着神秘的向往来的，却带着遗憾和恐惧，怅然而去。

从观海亭下来，抖抖身上的水珠，若是天气合适，你便可以看到一群一群的大天鹅嘎嘎叫着从东北飞来。成队成群的洁白如雪的大天鹅紧贴着水面从你眼前盘旋而过，将你的思绪从远古中扯回来。自望海亭西行十余里，便是举世闻名的天鹅湖。每年有上万只大天鹅来这里越冬栖息。每个到成山头观光的人都不能不感叹，这么多的大天鹅聚集在一起真是一大奇观。成山头的好风水引来了大天鹅，大天鹅渲染了成山头的宁静与平和，大天鹅使苍凉、古朴的成山古角增添了高雅、灵动的气韵。

太阳西沉，离开海角驱车西行，那些传说、那些遗迹，那狂烈的涛声、那壮阔的海景，还有那青山、那白云、那洁白如雪的天鹅便聚到一起，合成一组色彩斑斓的韵律，令人回味不绝。

青竹泪

　　小时候，我和小伙伴们常在离家不远的那片坡地上玩。太阳一出来，总可以看到一个须眉皆白的老人袖手坐在小河对岸的一块山石上。那老人白白的双眉，总是拧在一起，隆成个突出的小疙瘩。一双眼睛总是眯缝着，一眨不眨地向山顶，不，是向更远的地方望着……

　　不知什么时候，那片坡地上出现了十几棵竹子。大人孩子都感到极新奇，但谁也不知是谁插下的。那老头儿，仍是静静地坐在对岸，眉头似乎舒展了些，但仍是一眨不眨地向远方望着。我想，兴许是老头儿栽的，但他为什么要在这儿栽下这一片竹？

天是很冷的。那片竹，竹皮冻得青绿青绿的，叶子已有些卷曲，边缘也出现了黄白相间的枯死的颜色，但依然挺立着；特别是在白白的雪地和青绿的瓦屋的背景上，那片竹显出一种嫩嫩的、醉心的绿，使人一下子想到春天，想到春天的草原……但春天毕竟还远。竹枝间托着一两团雪，远看，像开着的一两朵洁白的花，在峭冷的冬日里，摇曳着，使人想到生活的艰难以及生命的顽强与伟大……

那时的我却不管这些，只眼热那青翠的竹竿。那一节一节的青翠翠的竹竿，可以做出漂亮的冰锥、锋锐的剑、标致的枪筒……我试着去摸那竹枝，眼却觑着对岸的老人。老人仍然一动不动地坐着，似乎毫无反应。我胆子一下便大了，低头咔的一下折断一根，用小刀吱吱地割下。这时只听对岸"呃——"的一声，我拽起竹枝拔腿便跑。那老人吆喝道："不许折那个……"那"个"字轻轻的，拉得极长，我心想，这老头儿准是个南方佬儿，说话跟唱歌似的。

我回过头来，那老人并没有动，仍是静静地坐着。于是胆子越发大了，第二天又去折，第三天甚至约了伙伴们一同去折。竹枝已剩下零落的几根。我们刚走近坡地，那老人便又"呃——"地吆喝起来。这一次他竟然站了起来，白白的胡须也有些抖。我们掉头便跑，跑出好远，却听不见后边的"唱腔"……

我们再来的时候，老人已经不在了。我们尽兴地将所有的竹都折了，欢呼着扛回去。

那以后，我们仍在坡地玩，但再也没有先前那种兴致。直到长大了，离开那片坡地，再也没有尽兴地玩过。在我的意念中，那老人似乎永远静静地坐在对岸……

去年①四月，我参加了一次纪念会，步入会场，看到台上悬挂着的照片时，我一下惊呆了。这个为全市人民纪念着的长者原来就是十几年前小河沿上的那位老人。他是台湾基隆人，1927年离家后，二十几年里，一直在本市工作，为本市的和平解放做出了重大贡献。"文革"期间，他却被诬为特务，郁郁而终。直到死时，手里还攥着一管青竹……

我感到一阵难耐的愧悔。十几年前，我和小伙伴们折断的不仅是几株竹子，更是他对故乡深深的思念，是他浓浓的乡情！直到今天，我才真正明白：对故乡的思念，是深沉的，也是神圣的。四十几年前，基隆港上，当他踏上横渡海峡的渡轮，挥手向故乡作别的时候，他怎么也想不到，此去再无归期！那一片青竹，是他为自己制造的想象中的故园，那里边有他的童年，有他

①注：本文曾发表于《深圳特区报》1985年11月。

的久别而难得一见的亲人……然而我与我的同伴们却捣毁了他心中那神圣的、只能在想象中游历一番的"故园"。我这时才明白,十几年前我们的所为,对于他是多么残酷!

我不由得向这位老人的在天之灵奉上一掬虔敬的、忏悔的泪。

蟹殇

一开始，我们都把它当成老鼠了。

是妻子先听见了响动，用胳膊捣了我两下。那时我刚刚有点睡意，便有些不耐烦，妻子轻声说："你听听床底下。"我这才听到床下有响声，我说："老鼠在啃东西。"俯身冲床下嗷地吼了一声，满以为这一喊，老鼠会像往日一样逃之夭夭，没想到一躺下，床下又响了起来。我便又喊，还是不行，心里便纳闷，今天这老鼠是怎么回事？我跳下床，拿了手电筒去照，妻子还从门后拿出了拖把，高高地举起来，准备一旦老鼠跑出来好打。

手电筒的光刚照进去，妻子便悄

声喊："在那儿！"我也看见了，那家伙正趴在一只旧皮鞋上，还在动。再细看，我和妻子都愣了，原来是只河蟹，浑身沾满了灰尘，毛绒绒的。我和妻子不觉都长出了口气，想到它的来历，都笑了。我用手电筒的光逼住它，伸手将它捏起来，小家伙眼睛一鼓一鼓的，两只大螯一挠一挠地挣扎。我说："这是一只蟹英雄。"妻子也感叹："这小家伙真不简单。"

一个星期以前，我从市场上买回几只河蟹，放在一只大脸盆里给女儿玩。女儿玩了两天便玩够了，妻子说干脆蒸蒸给孩子吃了吧。晚上便蒸了。当时没数，根本想不到会跑掉一只。脸盆那样深，盆沿儿又滑，真想不明白它是怎么逃出来的，而且隔着两个房间跑到了床下。孩子玩时我在旁边看过，那只最大的河蟹也总是爬不过三分之一的高度便滑下来。看来，为了活命，这只河蟹不知做了怎样的挣扎。

我把它拿到厨房，放进一只水桶里，倒上水，我说："这是只不该死的，就养着它吧。"妻子也说："那就放它一条生路吧。"我们都感到这小生灵值得佩服、值得怜惜。

第二天上班时，我把夜里的经历跟同事说了，大家笑过之后，都说该让这只蟹活下去。这时候我已经感到这小家伙十分可爱了。下班回家后，我先到厨房里看它，一看水桶竟空空的，一转身见饭桌上已经堆了一堆红红的嚼过的蟹壳。女儿从里屋跑出来，一只手举着一只蟹腿冲我喊："爸爸，真好吃，你也吃。"妻子跟出来，对我说："回来看见蟹子，非让我煮了吃，怎么哄也不行……"

我说："吃了就吃了吧。"弯腰抱起女儿，女儿将蟹腿放进我嘴里，我却怎么也吃不出滋味来。孩子吃蟹是没有错的，天经地义，当初买来就是要吃的，哪怕再放几天也改不了被吃的结局，只是失去那个小生灵，心里有一种空落。

晚上再睡的时候，我便又想起那种声音。那蟹一定把床下当成它的河洞老家了，本想钻进去躲人活命的，没想到离人更近了，自投罗网。生就的果腹命，再怎样挣扎，也是无济于事的，想吃它的人太强大。人生实际也一样，面对那些无法征服的东西，人有时就是蟹。

我总以为，宝旗是生长在水乡的。一想起他，我的眼前便泛起一片烟波浩渺的大水。十几年前在校园第一次相见的时候，我就感到他是乘船来的，站在船头，沁凉的湖风吹掠他的衣襟和头发，潇洒儒雅又充满了诗情画意。这种印象给人一种轻松、飘逸的错觉，掩盖了他内里的坚韧与沉重。实际上，山和水都与他有着难解之缘，十几年的事业追求中不断透出一种顽强又坚毅的内在力量，使我越来越感到初始印象的片面与肤浅。宝旗既是山的儿子，也是水的骄子。山与水都赋予了他极其珍贵的品格和质地，山的顽强、沉稳和坚韧，水的灵秀、纯真和柔情。

翻检逝去的青春岁月总让人难以自持地激动。《远行的感觉》让我不止一次地想起母校，想起鲁西平原上那座古老的小城——尽管书中一篇都不曾提及。那里有我们共同的梦想，是我们这一生精神远行的起点。20世纪80年代初期，文学梦使多少青年学子如痴如狂。一千七百多名同学竟有六百多人报名加入文学创作协会。作为协会的第三任理事长，宝旗的名字自然也就十分地耀眼和响亮，但是天生的内秀品质抑制了本来十分自然的狂傲与浮躁，宝旗那种不温不火的沉稳与老练似乎已经成熟定型。协会的工作前所未有地红火，出版刊物，举办笔会，征文比赛……而他自己，更多的时候则像一个心中有数的刺绣艺人，我行我素地做着手中的活计——写他的小说。对于文学，宝旗的热爱比我们都要执着，对于文学和自己的将来，他也已经有了十分实际和成熟的理解。十几年后，当年的文友们都已云散四方，当年如痴如狂的文学追求大都已经成为泡影，唯有宝旗，在文学远行的小道上执着前行，文学已经成为他生命存在的一部分。"除了文学我还能干什么呢？"这种定位与选择依旧是那么坚定、冷静。不温不火，心无旁骛，这是一个长跑运动员的心理素质。他跑得不错，他以自己的实力一步一步地接近着那个神圣的殿堂。

但是，文学没有终点。文学创作实在是一种美丽的苦行，一旦踏上跑道，不管成功与否，你都无法真正抽身。哪怕一个字不写了，心里仍旧存着一种于心不甘的悬念。要做出成就，就必须付出汗水以至血泪，必须做出必要的割舍。宝旗的成就令人鼓舞，《中国作家》《青年文学》《北京文学》都曾重点推出他的作品。省内外的数次大奖，三十几万字的小说和十几万字的散文、随笔的发表，不知浸透了宝旗多少心血和汗水。对文学、对故土和亲人深挚的爱恋，给了他坚定的信心和不折不挠的毅力。看似不温不火、文质彬彬的宝旗，内心里奔涌着如水的柔情，这柔情给了他力量，给了他灵感，使他的作品充满了灵性和神韵。无数浪漫、灵透的想象透过宝旗的作品在艺术的空间里翩翩起舞。但是，现实中的宝旗却是十分地拘谨甚至保守，作品中的大胆想象与生活中的节制守旧形成强烈的反差，这种反差凸现出他的个性和品格。渴望飞翔、渴望远行只是一种精神世界的向往，我们很少走出城门，极少做真正意义上的远行。宝旗曾经有过两次远调他乡的机会，但最终他还是选择了他的靠水的小城。一次是为了看守他的文学，一次是为了照顾妻子和未出世的女儿。有了这两个理由，即使上天堂他也会拒绝。他笑谈自己总在家门口打转转，但他的选择是对的。假如那两次迁往大城市的"远行"

成行，他就不会有今天的创作成就，他引以为豪的"精神远行"就会失去支撑。经过两次选择的考验，对文学坚守的信念，对妻子、女儿的深爱，如两只坚硬的翅膀，使他的精神之舟更坚定、更有力地在故乡的山水之间飞翔。故乡，那是一片非同一般的山水，曾经长出过博大精深的孔孟文化。在那里的山山水水站一站，就会增加不少底气和涵养。默默吸收了几十年的宝旗，根底实在难以估量，他在文学小道上的"远行"一定会更快、更远，也更浪漫、多彩。

我仿佛又见到一艘大船，帆鼓得满满的，宝旗站在船头，双手操舵，在一望无际的水面上劈浪远航。对岸已经看到曙光，一片璀璨斑斓……

最初的印象源于《柳泉》杂志介绍他的一幅照片——

张开镰自负地站在古旧零乱的河岸上，身后衬一座年深月久的拱桥，身旁是无头的树抑或无根的木桩，他眉头紧锁，自信而忧郁地凝视对岸。我想，这是一条孤独但是咬劲儿十足，难以对付、难以击败的汉子，他给我一种感觉，似乎他是在丈量距离，积聚底气，说不准哪一刻便会腾的一下跳过河去。

《柳泉》是把他作为"齐鲁文坛新秀"介绍的，同期还发表了他的中篇小说《陌生的夏天》。小说更加深了我的那种感觉，小说里流贯着一种刚硬的阳气和一种隐隐约约、难以捕捉的忧郁。那条河，古旧而又神秘，我不知道它的历史和现在，也不知它的彼岸到底有什么，竟能那样吸引着张开镰。

后来知道，那几年正是张开镰在小说世界里"扑腾"得热火的时候。他起步比较早，他的小说1982年就被《小说选刊》选载过。但是这几年，他似乎和文艺界疏远了，文坛上呼呼隆隆，这潮那潮一拨儿一拨儿总也寻不见他的影子。一打听，原来他一个猛子扎下去——读书去了，骑着他的"老头儿乐"嘣噔嘣噔地爬玉函路那大长坡，风雨不误。

张开镰的脸上越来越露出自负的气色。他说这两年他读了二百多本名著。"那是喝牛奶呀。"他十分认真地告诉老朋友，他感到自己一天天地在长力气。有了这么厚的底子，对自己的过去他便看得低了。他自负地说："你看着，我会变个样子的。"老朋友撇撇嘴，拿不准他是不是在吹。他便说："你等着，耐心点儿。"果然，一开春他便连着推出两个头题，而且都引起了一番热议。张开镰仍旧说不值一提，一派大将风度，言外之意是小试笔墨，真来劲儿的还没有搬出来呢。

从两岁那年的灾难开始，张开镰就注定了一辈子都要被"残疾"这个阴影笼罩着。对此，他自己比谁都清醒，比任何人都更理性。他新构思的小说无一不与"残疾"相关，但却都不是简单地表现残疾人的奋斗、抗争，他说那就太浅了，残疾人拼命去寻找和正常人的那种平衡那是走入了误区，怎么可能平衡？

谈起世事，谈起人生，让人感到他有一种透彻与练达。同时，细心的朋友还可以从他眼角捕捉到最初印象中的那种忧郁，一种无奈。我知道，这不是因为身体的残疾，但我不知究竟是因为什么。因为孤独？尽管有那么多的朋友听他谈天，他还是感到孤独，这从他"吹"的那些十分现代、十分鼓舞人心的小说世界里可以感悟到。他自己说，孤独也是一种力量，这是他偶尔说的，被我捕捉到了。

我越来越感到，最初的感觉与印象是多么准确。那幅画面越来越清晰、精细和完满了。当然，现在的他已远非几年前的可比了，他的足下已运足了气，他的身上被那无数杯"牛奶"填充得十分饱满，他手里攥紧了镰刀，睡觉都在凝视对岸。对岸已经看得十分清晰，一片一片金光灿灿的麦田，无边无际，一浪一浪地招引着他。那是属于他的，说不准哪天早上醒来，他就一个纵身跳过去，只要他一挥镰，那金黄金黄的麦子就会大片大片地扑倒在他的怀里……

张开镰应该感谢他父亲，开镰这名字给他带来多么大的福气。开镰就会有所收获，这太令人羡慕了。

冷峻与激情

　　在这个喧闹、燥热的季节里，面对铺天盖地、滚滚而来的种种诱惑，能够痴情如初、执着如初地沉醉于艺术或其他某一项事业的人已经越来越少了。我们的头脑总是容易随着季候的变化而发热。不管从社会还是艺术的角度来说，我们都太缺乏冷峻的思考和审视的态度了。不论是在社会还是艺术的流变中，每一次潮流过后，受益的往往是那些能够方寸不乱、始终如一地保持冷静态度的极少数人。毫无疑问，李学明属于这"极少数"中的一个。

　　李学明的画室名"听蝉阁"，高居五楼之上，紧靠着一条大马路。那条贯通泉城南北的大马路整日车来人往，熙熙攘攘。就是在这样的环境中，学明竟能够静下心来，面对南窗，静听蝉的歌唱。现代都市里已经极难见到蝉了，蝉是在他心中的世界放歌。他心中自有一方天地，他是在用心听蝉，用心倾听自然的声音。艺术追求的执着，使他无暇他顾。名利与权位、声色与钱财，对他都构不成诱惑。这是李学明几十年修炼的"正果"，这是真功夫。

李学明自小在鲁西农村长大，引他走进艺术殿堂的是一位失意返乡的老军人，一位造诣颇深的老画家。老人本是不收徒的，少年老成的学明深得老人的厚爱，从他身上，老人看到一种潜在的素质和精神，老人破例收他为徒。老人的教法很特别，一开始并不管他，只给他一幅画让他去临摹。临过一幅，送去，老人眼都不抬，只让他放那儿，回去再临。一连数日，都是如此，一幅画不知画了多少遍。这种简单而特殊的训练，对李学明来说，无论是技艺的长进，还是意志的磨炼，都极有好处。现在李学明回忆起来，仍旧对这位老人感激涕零。没有那几年的强化训练，就不会有他今天扎实的基础，更重要的，几年的苦磨苦练还为他灌注了一种精神。这种精神支撑、鼓舞着他，使他历经几十年的风风雨雨而始终如初地爱着绘画事业，一步一个脚印地跋涉攀登，终于登堂入室，成为今天卓有成就、风格独特的青年国画家。

这几年，画界流派挺多，李学明似乎很难划到哪一流哪一派，他始终低首沿自己的路默默前行。但是，只要你一打开他的画卷，你就会为一种强烈而独特的气韵所震慑和吸引，优雅的书卷气和强烈的诗情画意就会扑面而来。每一幅作品都洋溢着画家本人丰富的情感和智慧，浸透着敏锐的感受力和多层面的想象力。李学明的画有着典型的文人画特点，写意手法在他的画作中达到了娴熟自如、炉火纯青的境界。没有浓墨重彩，简单、稚拙的线条，融进丰富、深透的主体感受和想象，勾勒出传神的人、物造型，在似与不似之间，将画家自己的内在性格、主观意蕴，表达得淋漓尽致。丰富的人生感受和强烈的主观情感相融合，构成一种冷峻而又充满激情的独特气韵。这种气韵与格调，使他的作品在浩如烟海的国画作品中超凡脱俗，卓然而立。《寒禽图》中大面积皴擦造成的荒寒气氛，《秋塘栖鸭》里天寒水冷落叶枯的凄惨情景，还有他作品中的每一个人物，尤其是那些古代人物和民初人物，身上都透出一种荒寒之气，那惨白的肌肤，让人感到一种雪上加霜的冷意。即使一幅小品（《听蝉阁消夏图》），其中尽管突出了血红的瓜瓤，但是仍旧不忘在桌旁放置一把寒光闪闪的水果刀。他似乎总是在提醒你认识和注意生活的冷峻与沉重。独特的视觉和形式语言的运用，使李学明作品的文人画特征愈加明显。画面上那种境界与现实形成一种极强的距离感，一种文人化了的审美距离让人感到神似得无可挑剔，又让人怦然心动。冷峻尽管是画面的主体情调，但却并不让人感到灰色和黯淡，而是呈现一种对世界、对人生的客观、冷静的洞达和观照，一种成熟的认知。正因如此，静观李学明的作品，我们会感受到一种强烈的激情，冰下涌流一般的激情。同样一幅作品，我们既可以看到荒寒的气氛，又可以感受到画家在寒禽身上所隐含的强烈的批判精神（《寒禽图》）。同样一幅小品，我们既可以感受到那种沁人心脾的凉意，又可以看到那种手砍锤砸、剖腹挖心一般的火一样的激情（《听蝉阁消夏图》）。这种效果在那些人物画中更加明显。那些裸着的女人，雪一般冰冷惨白的肌肤，下面覆盖着的是波涛汹涌的情感激流。乳头、樱唇，红艳如三点燃烧的火头，那幽远深邃的眼神让人感到一会儿就要喷出火来。最突出的还是那幅《访友图》，森森的大山，弯弯的栈道，背向画面向深山走去的男人，一袭红衣裹着他的满腔激情。他去寻找什么？到深山中访探的是怎样的朋友？暮色沉沉，但是画中人却是那样义无反顾。一身红衣，在整幅作品中所占比例极小，却将作者满腔的激情挥洒得淋漓尽致。李学明曾经说过，他喜欢孤独，常常幻想着有一天独自到一座大山里，搭一座茅屋，自己在那里看书、作画、默想、听蝉。这自然是一种十分古典的理想情调，但是这种幻想一经化入作品表现出来，则成为一种艺术效果极其强烈、内蕴十分丰富的宣言，亦即成为一种风格。真的是去寻找孤独吗？并不情愿。现实的喧闹背后，实际是心灵孤独的悲怆。这是一种强烈的现代意识。不仅文人，每个人实际上都在心灵深处呼唤着友情、理解与沟通，但是由于现实中的种种枝蔓，人与人之间往往存在大山般的阻隔。画家倾洒一腔热血化作画中人的红衣，引发现实中的人们深思。

在李学明众多的绘画作品中，不时可以看到一个熟悉而独特的形象：一个着一身白色对襟粗布裤褂的老头，看似平民百姓，却有着硕大夸张的额头和飘逸洒脱的长须；一双眼睛极小，却充满洞悉世间万事万物的睿智；满脸的沧桑感，既生活化又散发着一种仙风道骨的气质。冷峻、淡泊的外表，内藏有丰富的人生阅历和强烈的生活激情。李学明说这是清末的一个大画家，我却感到这是李学明心中的一个意象，是他艺术追求的一种境界的象征。

淡泊、冷峻的线条和丰富、博大充满激情的内蕴，使李学明的画作向文人画的最佳境界步步逼近。中国画历来讲究诗画合一，李学明的画中尽管极少题诗，但是每一幅画都是一首绝妙的好诗，每一幅画中都蕴含着极其丰富的人间故事。强烈而浓厚的内在诗情与清冷幽远的田园意境，使他的画作诗意盎然，醇厚醉人，由此我们可以看出画家的文化素养和美学品位。李学明实际上是一个典型的文人。平时除了作画，总是手不释卷，看书，各种门类的书都看，尤其喜欢唐诗宋词。他说，中国画的精髓在"神"，没有丰富的内蕴，仅是玩弄形式与技巧，一钱不值。谈到技巧，李学明说，我们学习古典、学习传统还很不够，古人的神韵我们还远远没有领会和把握。他说，每当看到一幅古典名作，总是激动不已，那里边有学不尽的东西。当然，今人学古人不得成古人，要与现实、与时代相融合，在今人的基础上学古人。当然，并不是说要排斥洋画。事实上，中国画可以从西洋画中吸收很多东西。当然，学要真学，而不能以西画作捷径。搞投机不行，更不能在主体上背离传统。他说，这是很多人，包括近代一些大师所走过的弯路证明了的。他自己对此也深有体会。

今年①李学明已经步入不惑之年了。他说自己的路才刚刚开始。中国画已经完全融进了他的生命，一日没有中国画，一日不去抹一抹那神奇的油墨与宣纸，他的生活就毫无意义。李学明的沉稳与扎实，确实令人钦佩，从他那里听不到豪言壮语，更听不到自夸自吹。他极少谈未来，他认为最要紧的是坚实地走好眼前

---

① 注：本文曾发表于《现代文明》1992年第4期。

的每一步。从他那双闪着执着光芒的眼睛和透着一股咬钉嚼铁劲头的阔大下巴中，我们可以清晰地感到一种坚定的信心。那些独特的古装人物特别是民初人物，已经悄悄地走出"听蝉阁"，跨山过海，走出齐鲁，走向海外，形成一种强烈而独特的魅力与光彩。几十年的辛苦磨炼，使他的绘画技巧日臻成熟；几十年的文化积累形成的美学品位，使他的绘画艺术熔金化银，日上中天。

我们的车一直沿着密歇根湖北行，抵达索格图克时已近中午。

索格图克，这个在美国地图上很难找到的小镇，是密歇根湖边的一颗明珠，据说已有几百年的历史。小镇的规模多少年不变，小镇的美妙与魅力却是有增无减。优美的自然风光，特殊的富有个性与内蕴的小镇风情，使它成为一个在美国极富名气，具有非凡吸引力的小镇。

同所有美国的风景胜地一样，这里对两类人最具吸引力，一类是艺术家，尤其是画家，另一类是同性恋者。这两类人的到来，增加了小城的艺术感，也增加了小城的神秘感。

这真是一个迷人的富有艺术性和创造性的小镇。我感觉画家和同性恋者有一个共同点，就是都极富创造性，思维都极其活跃，都有些叛逆，有些另类。他们喜欢去的地方，一定是不同于一般的地方。这个索格图克让人感到有些特别，有些异样，让人生出探究的欲望。

小城紧靠着密歇根湖，对面是一座小山，叫睡熊山。大概是样子像一只趴睡的熊。在山与小城之间是一个湖湾，像一条河道，无数游艇在河道中游来穿去，还有的停在岸边。小城与睡熊山之间有锁链渡船相连。小城只有几条街道，常住人口只有几百人。楼房不多，房前屋后都是草地和树林。所有的楼房都是别墅式的，不管是住家还是店铺，都是别墅式洋房。街上人不多，街边却停着很多高级轿车。

漫步街头，你会感到整个小镇就是一幅动人的水彩画，那种浓浓的艺术气息，让你每走一步都不忍心离开。每一幢楼的样式和装饰都不一样，但是都像一幅画一样，楼房与房前屋后的树木、草地都形成绝妙的搭配。街上画店很多，画廊很多，走不多远就能见到一处画店，而且多是个人的画廊兼画店，多数都是一两个人在里面。灯光都不是很亮，屋内摆设很艺术，墙上挂着的都是非常优美的油画，有的油墨还没有干。运气好的时候，你还可以碰到画家在那里和一位朋友谈天，见你进来，他会很优雅地站起来与你打招呼，他们的穿着不像内地艺术家那样现代时尚，多数都是西装革履，风度翩翩。

街上走着的，对面过来的很有可能就是一个大画家，也很可能是一个同性恋者，身材气质都是难得地优秀。商店与饭店也都充满了艺术气息，到处都是画。饭店的厅堂，商店的卖场，都用上好的油画与水彩画装饰，卫生间里也都挂着格调高雅、大小不等的风景或人物画，让你感到无处不在的艺术的美妙。

我们中午在一家小店吃饭，是一间简单的快餐小店，门面不大，优雅的服务员把我们领进门，问我们喜欢室内还是室外，我们不假思索地选择了室外。在服务员的引导下，我们穿过前厅，来到了后院。原来后边还有很大的一个院子，院内三四棵半搂粗的大树，几张不大的餐桌就摆在树下。树叶有些已经泛黄了，地上散落着几片落叶，正午的天空竟是如湖水一般蔚蓝清澈。坐在树下，享受着湖边吹来的凉爽的微风，品味着北方湖边的传统美食，体会到一种难得的安逸与闲适之美。大概这就是小城的魅力所在。

下午乘渡船去对岸的睡熊山。所谓渡船，就是一种古老的铁锁牵拉船，是漆成白色的带着顶盖的船，有点像我们古代的画舫。一条铁锁链从对岸拉过来，套在船上的一个绞轮上，这边用力摇动绞杆拉铁链，船就慢慢地前行。这种古老的人工传动方式，不仅在发达的美国，在我们国内都不多见。尤其是在这个停满了各式各样漂亮游艇的小湖湾里，这是一种传统的保留，也是一种文化的展示。坐船的并不多，来的人坐着等，大家都不着急，仿佛是在等一件美好的事情。等人有十几位时，开船的两个小伙子便用力地拉动绞杆，船渐向对岸驶去。

翻过睡熊山又是另一番景象。眼前豁然开朗，再也不是身后的那种湖湾，分明是一片茫无边际的大海，让你不得不惊叹五大湖的辽阔与博大。湖边沙滩十分平展，有很多游泳和享受阳光的游客，也有冲浪者不停地在浪谷潮峰中冲来撞去。浪涌很大，比海潮掀起的浪峰还要高，但是水清澈见底，让人不自觉地生出跳进去的欲望。

我和几位同学不由分说，脱了衣裤就冲进水里，尽情地享受湖水的拥抱与爱抚。湖水微凉，没有海水的咸涩，但却不缺海水的热烈，更有海水所没有的沁心入肺的润爽与畅快。洗却旅途的劳顿与疲惫，似乎也洗却了一整夏天的燥热与郁闷。

从大湖出来，天色已经有些暗了。我们一行再次翻山回到渡口。渡船在对岸，我们坐在湖边的一座石头雕成的排椅上等。

起身时忽然看到椅背上钉有一张铁制的标牌，上面有一个人的头像，还有一段文字。字迹已经有些模糊，大意是纪念一位老船工，是他开辟了这个渡口，并且一直在这里为过往行人服务了几十年。重新打量这把特制的石椅，这似乎就是老人的象征，换一种方式，继续默默无语地在这里为人服务。我们不禁对老人生出一种由衷的敬意，也对设立这一特殊雕塑的小镇充满了敬意，明白了小镇人保留这一古老摆渡方式的特殊用意。

回宾馆的路上，我们又发现了两处雕塑。一处是在街心小花园，一个不大的铁制的女士雕塑，手里拿着一个小玩偶，身子做出舞动的姿态。我们几个人怎么看也没看出是什么意思，细看说明文字才知道原来是为了纪念一位木偶艺人，她生前以她特有的艺术形式给这个小镇的孩子们带来了欢乐。再往前走，又看到一尊雕塑，很低的大理石基座上，一位女士捧着展开的书本，似在看书，又像在思考。看了下边的铭文才知道，这是为纪念小镇的一位作家，她虽然没有写出震惊世界的大作，但她以自己的作品，提升了小镇人的精神品位。

我的心里不由得一震，从老船工到木偶艺人，一直到这位不出名的作家，为这些普通的市民树碑立传，而且是以这种艺术的形式，这是一个令人敬佩的有着独立文化个性和独立价值追求的小镇。如果说艺术与浪漫是小镇的气质，那么热烈与畅快则是小镇的性格，沉稳、默守与奉献则是这个小镇高贵的精神内蕴。这三个不同的方面，形成了小镇特有的文化个性与价值追求，这大概就是小镇几百年不变，而且越来越具魅力的内在根源吧。

索格图克，韵味无穷、令人难忘的湖边小城。

五大湖岛屿众多，但是最有代表性，也最具魅力的还是麦基诺岛。不到麦基诺岛等于没到五大湖。

麦基诺岛位于休伦湖与密歇根湖交界的湖水中。站在麦基诺市向湖里看去，可以清楚地看到湖水深处一个小岛如一只巨大的乌龟，趴伏在水面上。事实上，麦基诺翻译过来就是伏在水面上的乌龟。这是一个非常有名的小岛，美国《国家地理》杂志曾将它评为世界上最受欢迎的五个岛屿之一，其魅力可见一斑。

从麦基诺市去麦基诺岛有两种途径，一是乘坐直升机，一是乘坐轮渡。轮渡每半小时一班，非常方便。大多数游客都是选择渡轮。

我们赶到码头已近五点了，刚刚登上渡轮还没有坐稳船就起航了。船驶入湖中的时候，你会更深切地体会到，五大湖真是很大，如大海一样深邃、辽阔、蔚蓝。看起来很近的小岛，渡轮要行驶近半个小时。船速很快，湖里浪涌很大，船似乎在浪峰之间飞跃。湖岸越来越近，逐渐可以看清岛外高大的漆成红白两色的灯塔。岛上的景象也越来越清晰，整个岛看起来就像一座浮在水面上的宫殿。远处是密密的森林。在树木与湖水之间，小镇显得特别亮丽惹眼。小镇的制高点是那座古老的城堡，白色的城墙和城楼上，飘扬着星条旗和另外几面看不清面目的旗帜。

小镇的主色调是白色，非常纯净的白色，间杂着红色、灰色的屋顶。可以看到街道上稀稀落落的行人和红黑两色的古典马车，宛如一幅彩画，画的名字应该叫"天上的街市"，或者"蓬莱仙岛"。小镇的前方是港湾，一片一片的私家游艇，也都是洁白的颜色，樯桅如林，不时有游艇冲出洁白的水花驶出港湾，将静止的画面搅动，换成新的内容。

船靠码头，登上小岛，一股久违了的淡淡的马粪味扑鼻而来。岛上至今仍保留着19世纪的传统，没有汽车，一切机动车都不准上岛。岛上的公共交通包括巴士和出租车全部是马车。大街小巷穿梭往来的都是大小不一的各式马车。马车的样式有两种：一种是大的公交巴士，四只高大的轮子，带着顶盖的车厢可以乘坐二十多人；另外一种是出租马车，两轮轿车，有带顶篷的，有敞篷的，都是19世纪贵族乘坐的那种样式，红黑两种颜色，铁制轮子做工十分精细。

驾车人有男有女，都是身着红衣，头戴黑色的礼帽，脚穿高筒马靴，一色的19世纪英国皇家御林军的装束。小岛最热闹的地方要数靠近码头的大街。街道两边的建筑大都保持着19世纪欧洲的建筑风貌，也有现代色彩的新式建筑。据说岛上的建筑时间跨度达300年，但却十分和谐，即使现代建筑也都吸收了古典建筑的元素。街两边是酒店和零售商店、餐馆，都透着一种古典的精致。街上游客很多，有的在逛商店，有的在码头边闲坐，有的在古堡前拍照，还有的乘坐马车游览小镇，既热闹又不拥挤，既浪漫又不浮华。

小岛上最高也最具沧桑感的就是正对着港湾入口的麦基诺堡。这座古堡见证了小岛几百年的历史。作为五大湖区皮毛贸易的地理要冲，麦基诺岛具有重要的战略位置。这里原本是土著印第安人的领地，17世纪时欧洲探险家来到这里。在这之前，印第安人已经在这里居住了700多年。美国独立战争期间，这里被英国人占领，英国人在岛上兴建了扼守进出密歇根湖与休伦湖战略要冲的麦基诺堡。

后来法国人占领了小岛，美国独立后小岛又回到美国人手里。这里先后经历多次激烈的战争，麦基诺堡几次易手，至今仍保存完好。城堡最高点每天都要举行升降旗仪式。除了美国的星条旗，还有曾经占领小岛的英国、法国的军旗，还有当地土著印第安人的旗帜，但都比星条旗小一号，悬挂的位置也要低一格。每到升降旗时，都要鸣放礼炮，这一习惯延续了几百年。我们上岛不久，正赶上降旗，远远听见沉闷的炮声，将我们的意识带回到遥远的战火纷飞的年代。

小镇实际很小，岛上常住人口只有500多人，但是旅游旺季时游客可以达到15000多人。小镇总面积只有9.8平方公里，环岛临湖有一条M-185号公路。这是全美国唯一一条不通机动车的州际公路。

乘坐马车在公路上环游，可以领略全岛的秀丽风貌。整个小岛都在森林的覆盖中，坐在马车上，穿过百年森林，漫游古老的小镇，看湖色，看街市，看人群，马蹄声声，让你如梦如幻，有一种时光倒流的感觉，不知道自己身处何时何处，不知道何时何处才是真正的自己。

　　小岛的左右两端和靠湖的一面是精华所在，这里集中了不少豪华别墅，多是富人的豪宅，还有豪华酒店。从19世纪后期，这里开始成为旅游景点和避暑胜地，游船公司和铁路公司开始在这里修建高级酒店，岛外的富豪们也都争相在岛上修建别墅。漫步湖边小路，一座座紧靠湖岸的豪华别墅让人赞叹不已。

　　岛上的建筑多数用木材建造，但豪华别墅和酒店大多从岛外运来石头铺设外墙。岛上最豪华的酒店要数建于1887年的格兰酒店。从外面看古典高雅，典型的维多利亚时代的建筑风格，长长的过廊，还有墙边摆放的欧洲古典的老式座椅，凸显古典浪漫的欧式贵族风韵。酒店内装饰豪华典雅，据说游客进去参观也要买票，花费120美金才有资格走进酒店的大厅。酒店至今仍不时举办豪华酒会，出入酒店的不是贵族大亨就是粉黛佳丽。这里曾经拍过两部电影，一部是1946年拍摄的 This Time for Keeps（中文译名为《这一次是永久的》），另一部是1979年拍摄的 Somewhere in Time（中文译名为《时光倒流七十年》）。后者曾获得多项奥斯卡大奖提名，被众多影迷评为经典。与影片一同成为经典的还有影片的主题曲，充满了浓重的怀旧风格和古典浪漫色彩。

但是小岛绝不仅仅是富人的乐园，幸福与浪漫并非都与豪华、富贵画上等号。顺着小路向小岛的上面走，街巷两边是居民的住宅和供游客休息的小旅馆，多数是简洁漂亮的别墅楼，都有不大但很精致的院子。楼和楼之间是不宽的小街和绿绿的草地，草地上有参天大树，树下放置着洁白的躺椅、摇椅。

不少游客坐在楼前的过廊上，或者躺在草坪的躺椅上享受温暖的太阳、凉润的湖风和清新的空气。我们住的小旅馆门前是一个小花园，绿绿的草坪上摆放着几把白色的躺椅。办好入住手续后我们便坐在躺椅上，看远处蓝蓝的湖水、小街上来往的行人和嗒嗒驶过的马车，那种悠闲、轻松与浪漫让人心醉。

小镇的夜晚来得很迟，人们久久地在湖边、在街上、在商铺中、在马车上流连，天真的黑下来的时候，才恋恋不舍地回到酒店。这时候小镇特别安静，静得听得见湖水的声音。小镇的灯光都很暗，没有很亮的路灯，有的地方还点着马灯，一跳一跳的火苗让人仿佛置身一个熟悉而又陌生的童话世界。

夜深了，街上不断传来咔嗒咔嗒的马蹄声。这是哪里的游客不忍舍弃小镇夜色的美妙，不肯入睡，还在街上游荡。我也难以入睡，推开窗户，走上阳台，看到远处湖岸的灯光，像天上的星星。这时候看天，蓝得像深处的湖水，湛蓝湿润，满天晶亮的星星像远处湖岸中的灯光，一眨一眨。天与湖美妙到了一处。这小镇夜幕下的美妙，真的让人难舍。

圆头山的风声

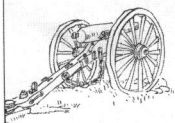

葛底斯堡是美国宾夕法尼亚州南部的一个小镇，常住人口只有六千多人。这样一个普通的小镇，在战争之前不为人所知，但是经历了那场大战之后，一下子成为在美国发展史上具有重要影响的著名小镇。那场战役，南北双方投入兵力达十几万之众，死伤达五万余人。战争结束四个多月后的11月19日，林肯总统来到这里，发表了著名的葛底斯堡演讲，提出了民有、民治、民享的政府理念。

从住处到战场遗址，我们整整用了两个小时。这里确实是一处决战的好战场。远处是泛着蓝光的大山，传说南方军就是从大山的后面避过了北方军的监视打了过来。在战争的前两天，南方军一直占据主动，打得北方军节节北退。眼前一片一片的绿树掩映下的丘陵地带，既有山包阻隔，又有开阔地带。一座座山包就是一个个制高点。尤其是站在脚下的圆头山（现在也叫公墓山）上，极目四望，一览无余。双方在这里形成胶着之势，准备决一死战。北方军据山而守，南方军乘胜发起进攻。南方军以兵力的优势，形成一个硕大的包围圈。北方军则依托山势做好了防守和反攻的准备。由于南方军通讯联络的失误，北方军占了上风，最后以南方军大败而告结束。一走近遗址，就被一种强烈的战争气氛所感染。遗址公园保留了当年大战的基本风貌。公园处于一种开放的状态，当年南北决战的主要战场都保留了下来。树林和草地之间纵横分布着一行一行的碎石堆，那是当年的阵地，路的两边按当年阵地分布摆放着南北军队使用的大炮，有的两三门，有的几排几十门。不同的山头上、草地间还立着各种规格的雕像，有的是当年指挥大战的将军，有的是普通士兵，都是在战场上的临战形态，让人仿佛进入了大战的氛围，让人想起当年的惨烈场面。那些雕塑都是动态的，再现战场上的前进或者受伤将要扑倒的姿态，使人仿佛能够听得到冲锋的战鼓和号角，听得见激烈的枪炮声和战士们的呐喊声，现场感极强。

对于当年战争双方的正义与非正义，现在人们都避而不谈。同是漂洋过海、受尽劫难来到美洲大陆的同胞，为什么兵戎相见，非要争个你死我活？这是每一个到古战场来的人都要思考的问题。过去我们通常说因为南方的蓄奴制度，北方要废奴，双方便要斗个你死我活；也有的说北方是为了美国的统一，因为南方要从美国分裂出去，总之北方是正义的，南方军则是代表没落腐朽和反动的势力。美国人现在大多不这样说，博物馆馆长反复解释不能这样说，他们不评价正义与非正义，对于哪一方都不进行主观的褒贬，而是尊重历史事实，尊重人。对于李将军和林肯总统，他们都把他作为一个历史的人来认识，而不是做道德的评判。据馆长说，作为美国人，他们都服从自己的国家，在一个国家之内，他们服从州。南方的李将军本来也是一个和平主义者，不主张战争，他临上战场前就说自己不愿意打这场仗，但是他只能服从他所在的州的召唤。他是为他的州、为他的家乡而战。林肯作为总统，他是为他的国家而战。他们两个尽管有胜有败，但都是伟大的。现在纪念这场战争，不仅仅是为了纪念哪一方的死难者。我们来到大战公墓前，看到林肯像前既有美国国旗，也插着南方军的军旗。这可能就是美国的多元文化吧。带我们来参观的盖波先生说，南方人对李将军十分崇拜，北方人在南方人面前谈论南北战争这个话题时都十分小心。

多数人也都转变过来，不去做笼统的道德判断，而是做人或者事件的具体分析。

战争遗址保护得非常好，让人不能不佩服美国人的历史眼光和文化保护意识。大战结束后的第二年，他们就将大战遗址作为国家公园，开始保护起来。一百多年以前，这里就是国家公园。这里的每一块山石，每一块阵地，每一门大炮，每一块墓碑，一直到每一棵草木，凡是与大战有关的，都得到了细致周到的保护。这是一代一代人延续的物质遗存，更是一代一代人呵护的精神财富，让后人思考和铭记的精神财富。美国人通过这样的遗存，向一代一代的后人进行着潜移默化的国家教育。据馆长讲，他们每年要接待一百多万名游客，这里有一百多位专业和业余的解说员。他特别强调是解说员而不是导游。他们对青少年有着特别的接待措施，设立专门的解说员，每个假期都要组织军事日活动，包括升旗、操练、现场考察和参观以及观看电影等项目，让他们在仪式和游戏中了解真相，接受教育。对成人也都有针对性很强的措施，专门拍摄了一部二十分钟的电影。电影拍得非常艺术，既有当时战争的前因后果，也有战争的场面和遗址的现状。采用的多是历史镜头，同时用艺术特写手法，突出了事件中的关键人物和关键环节，都是客观地展示，没有倾向性的评判。二楼的全景画展，形象生动地展示了当年大战的场面，十分逼真，特别是画布与近处布景的对接可谓天衣无缝，恍如实景。所有的宣传与展示，都透出一种主题，就是国家意识，不论南北哪一方，不论正义与非正义，都是在联邦统一意志下的争战。战争的代价让人痛心，也让人深思。

圆头山的山顶有一个铁架搭成的观景塔。登上塔顶，极目四望，古战场的面貌一览无余。钢蓝色的远山，近处一座座青绿的丘陵，还有一片又一片碧绿的开阔地。难以想象当年这里会是一种怎样的场景。山上的树非常茂盛，草地上的绿草也都长势很好，树林中的野花也开得格外娇艳。战争中五六万人的鲜血肥沃了这片土地，这些树木与花草是否都掺杂了那些年轻生命的基因？要下山了，我忽然感到一阵发冷。山风掠过树梢，从山的四周吹来，发出呼呼的声响，像呐喊，也像低噻。

这是南北将士穿透历史长河的浩歌，这是生命与人性的悲吟哀唱。

知道黄石公园，就知道老忠实喷泉。以这种拟人化的称谓命名一座泉，透出美国人的聪慧与睿智。黄石公园是六十余万年前一座巨型火山喷发后形成的巨型山间盆地，老忠实喷泉位于这一巨大盆地的偏中间部位。可以说老忠实喷泉是黄石公园最有灵性，也是很多游客慕名已久的一处景点。老忠实喷泉已经喷涌了多少年无人考究，但是自从一百多年前被探险家发现至今，它一直都在忠实地喷涌。之所以叫它老忠实，是因为它的忠诚、守时。一百多年来，不管黑天白昼，也不论风霜雪雨，每隔五十六分钟就喷涌一次，每次喷涌三到四分钟，好像人工控制一样准确，从无间断，也几乎从不拖延，让人感叹和感动。

喷泉位于游客中心和一座上百年老酒店之间的空地上。面积大概有一个足球场大小，周围砌起了一圈墙沿，好像一个干涸了的圆形大水池，中间略微凸起，像一座小山包，最高处就是喷泉的泉口了。我们来到老忠实喷泉时距离下一次喷涌还有十五分钟，据导游说可能有几分钟的误差，最好提前十分钟到。这时周围已经坐满了人。天有些热，太阳光很强地照着，但大家似乎都不觉得热，一动不动地盯着中间的泉口，生怕一不留神错过了泉水的喷涌。成千上万的人围成一圈，大家都很安静，坐下了就没有人再走动，也没有人照相，很少有人说话，说话的人也不自觉地压低了声调，似乎怕惊动了老忠实。我们也找到一处地方悄悄坐下，眼睛一眨不眨地盯紧了中间的喷涌口，不时地看看表，计算着时间，盼望着喷泉早一刻喷涌。

时间过得很慢，老忠实似乎睡着了，泉口处一点动静也没有，很难相信一会儿便会有雷霆万钧般的泉水从那里喷涌而出。大家都有些倦怠了，开始互相小声说话。忽然有人叫了一声，大家一齐看过去，只见一缕白烟从泉口轻轻飘出来，一会儿便散了，重又陷于沉寂。这时离预计的喷涌时间只有几分钟了，大家都瞪大了眼睛，紧紧盯着泉口。一会儿又一股白烟冒出来，但烟雾仍是很快便散了。这时人们都有些耐不住了，紧张得大气都不敢出，有人已经站了起来。大家似乎听得见彼此的心跳。忽然，喷泉口呼的一声，一股冲天水柱喷涌上来，足有几十米高。大家哇的一声，不约而同地站起来，相机咔嚓咔嚓地响个不停。接下来水柱不断地变粗变高，地心深处传来轰轰隆隆低沉而又有些震颤的响声，越来越响，水柱也越喷越高，越喷越粗。水柱雪白，顶部水花越绽越大，而且有浓浓的雾气向上升腾，像白云随着微风在蓝色的天幕下向东北方向飘浮和移动。水花落下，又发出哗啦啦的响声，与升起时的轰隆声形成有力的节奏，只听到"轰——哗，轰——哗"，大家也都伴随着水柱的升起落下，"呜——嗷，呜——嗷"地欢呼。

　　水柱越来越高，高到极处，忽然唰的一下落下一大截，大家惊呼一声，半张了嘴，睁大了眼睛，心想不会就这样结束了吧，有的人把胳膊举到了半空，似乎要帮助老忠实将水花举上去不要它落下来。但是老忠实大概是真的累了，大家还没反应过来的时候，又唰地落下去一大截，向上喷涌的力量明显弱了，倒是落的幅度越来越大，只听到哗哗的声音，一会儿便只剩下矮矮的一截，大家也随之嗷嗷地惋惜。转眼间水柱已经落到了地面上，只听到嗡的一声，雪白的水柱一下子沉落下去，一股白烟轻轻地飘起来，大家仍旧大睁着眼睛，不敢相信似的盯着泉口，希望它再一次喷涌而出。但是青烟渐渐散去，泉口重又恢复到喷涌之前的空寂。大家互相看看，这才相信真的已经结束了，不情愿地一步一回头地慢慢散去。

据朋友介绍，老忠实这几年喷涌的时间有时也不准了，喷涌的高度越来越低，原来平均45米左右，现在只能喷到36米左右，而且水量也在不断减少。据专家预测，老忠实还可以喷涌几十年。我们不知道真假，但我想这是符合自然规律的，它不可能一直这样喷涌下去。不知道是谁最初为它起了老忠实这个名字，非常贴切，它的忠实程度令人汗颜，但也非常残酷。这对老忠实、对所有喜欢它的人，都是一种莫大的压力。我暗暗地为老忠实感到担忧，我甚至有些怜悯这个忍辱负重、默默奉献的老头子。上百年如一日，它是很累了，天天这样守时地喷涌表演，很累；面对着人们期待的目光，这是多大的压力，它必须守时，而且必须用尽全身力气喷得一次比一次好，更累。

我想，一旦老忠实哪一天不忠实了，这个名字是不是可以继续叫下去，一旦老忠实有一天不再喷涌、彻底趴下了，人们心理上还能不能够承受。

上小学时就知道北美有一个尼亚加拉大瀑布，真的走近它，有几分激动，几分忐忑。

尼亚加拉大瀑布位于美加两国交界处，在加拿大是尼亚加拉市，在美国是布法罗市（水牛城），两座城市都是因水而生，因大瀑布而闻名于世。

适逢周末，加上美国国殇日放假，来看大瀑布的游客比平时多了很多。通往大瀑布的每一条公路上都是车水马龙，络绎不绝。临近跟前，更是人来车往，十分热闹，像国内旅游景点的火爆场面一样。景点周围停满了车辆，像车展一样，一片连着一片，司机开车在景点外转了两三圈才找到停车的地方。

通往大瀑布观景点的是一座断桥，从桥上坐电梯下到大瀑布的底层，再乘船观看。我们来时正是人最多的时候，入口处已排起了几百米的长队。陪同的朋友灵机一动，先带我们来到电影放映大厅，观看介绍大瀑布的电影。

电影介绍的是大瀑布从发现到现在的情况，讲了几个故事，拍得很有震撼力。第一个故事讲的是一个印第安少女，因为不服从部落安排，拒绝与长老结婚而被要求自尽，少女选择自己划船顺流冲下大瀑布，但是她没有死，而是成了大瀑布的守护女神，守护着来到大瀑布，特别是那些在大瀑布遇险的人。

接下来讲的几个故事，也都非常惊险，但都化险为夷，从走钢丝的少年，到木桶漂流的老妇，烟囱折断但人和船都安然无恙的海事船，直到20世纪60年代的一家人在湖中游玩遇险，都是真人真事，又都让人感到神秘莫测，无比震撼。除此之外，穿插讲述了法国探险家发现大瀑布的过程。

整个影片四十多分钟，拍得大气恢宏，惊险刺激，更增加了大瀑布的神秘感。

从电影院出来，瀑布看台入口排队的人真的少了很多。坐电梯下到底层，登上"雾中少女号"游船，慢慢驶向期待已久的大瀑布。远远望去，大瀑布犹如万丈白练自天而降，使人不由自主地想起李白的诗句"飞流直下三千尺，疑是银河落九天"，用到这里才最恰当不过。不知道是一种什么力量，仿佛把世界上所有的水都集中到了这里。游船徐徐前行，越靠近瀑布，水面就越显得宽大。雪白的水浪如压抑了千万年的万丈激情，喷薄而出，气吞万里的气势让人不由得心潮激荡。水汽越来越重，一开始是水雾随风飘到脸上，一会儿就变成了小雨、中雨、大雨，越往前行，瀑布就变得越来越模糊，水声却越来越大，轰然作响，如鼓如雷，震得人心里怦怦直跳。风也大了，雨衣已包裹不住身体，风夹带的水汽，这时如瓢泼大雨，劈头盖脸地浇下来，眼前已经一片混沌，船也随着摇晃摆动起来，船上的人一阵一阵地惊呼，尽管什么也看不见，还是拥挤着向前端着相机，不顾水汽湿了镜头，疯狂地按动快门，想把那震撼人心的一刻记录下来，只换得满头满脸的雨水，有人干脆掀掉了雨衣，任由瓢泼而下的天上之水淋个痛畅淋漓。这是北美大自然给我们这些初来的游客的一次难忘的洗礼。

惊心动魄的时刻很快就过去了，船慢慢地调回头来，驶离瀑布，向岸边靠过去。人们意犹未尽，恋恋不舍地紧盯着瀑布不忍离去，有人还在不停地举着相机拍照。不同肤色的人们都在用不同的语言惊叹和感慨，"不虚此行"是大家共同的心声和感受。

　　从船上下来，坐电梯上桥，从另一面绕到大瀑布的上方和后面，又是另一幅景象：湍急的湖水，跌宕的气势，秀美的风景，还有对面加拿大的异国景色，成为衬托大瀑布的底色和背景。经历了刚才的震撼，心里再难有太大的激动，但是作为一种美丽的尾声，倒是增添了大瀑布的魅力和韵味。

森林中的木屋是一种诗意的诱惑。

木屋在森林的中间，除了前面一条可通车的路面，房前屋后都是成片的不知道边际的原始森林。小木屋全部由林中最多的一种叫扭叶松的原木做成。从外面看，木屋只是一个一个的原木盒子。外墙和内墙都是原木垒积起来的，只在内墙的表面刷了一层白色的胶泥，算是装饰。小屋虽然简陋，但是里面水电暖设施一应俱全，住起来方便而又舒适，似乎与山下普通的酒店没什么区别。天已经黑下来了，外面什么也看不见，收拾停当，我倒有一种要出门的冲动。来的路上，朋友曾一再叮嘱晚上不要独自外出，但是住在小木屋里，周围都是森林，就这样与在山下一样地睡一夜，委实有些浪费和可惜。这样想着，便拉开纯木拼接的房门，走出木屋。

外面很冷，是典型的高原性气候，昼夜温差极大。天很高很蓝，满天的星星不停地眨着眼睛。月亮只在天边露出一个月牙，森林在月光下显得更加幽深。草丛中传出秋虫的鸣叫，远处不时传来野兽低沉的吼声，让人感到一阵寒栗。这时想起朋友的告诫：夜里不要出门，尤其不要走进森林。森林中的猛兽时常会走出来在小木屋周围闲逛，有狼，有熊，还有野牛等等，这里曾经发生过猛兽伤人的事件。因为生态环境好，这里动物很多，最多的是鹿和野牛，野牛有些成灾，时常可以看到成群的野牛在林中吃草或在河边喝水。成群的都是母牛，带着孩子和伙伴，单个的都是公牛，自私也孤单地觅食。幸运的话可以看到熊和麋鹿，它们往往都在森林深处，很难见到。我们十分幸运，不仅看到了野牛和鹿，而且看到了熊和麋鹿，都是在不经意间，虽然距离有些远，隔着车窗玻璃，但看得都十分清晰。这里最多的还是野牛，有时会跑到公路上，挡住行驶的车辆。一只野牛曾经跑到林中广场上，与游人嬉戏半天后才不紧不慢地离开。

黄石公园的森林植被不能不让人感叹和佩服，这里是纯粹的原生态环境，对于森林的管理，他们采取一种自生自灭的办法，任植物自然生长和老去，不去做人工的种植和养护，更严禁人工开采和砍伐。林中树木死去了，也不收拾，任它们歪七竖八地倒地、腐烂。对于森林管理中普遍感到头疼的防火问题，他们也都能够泰然处之。他们有时甚至故意放火，采用一种放火疗法解决某一片森林的病害问题，避免传染和蔓延。

在1988年发生的那场震惊世界的森林大火中，黄石公园的过火面积达到有效林地面积的四分之一，人工无法处理，他们也没有采取任何的救护措施，任大火整整燃烧了大半年，直到冬天一场大雪将大火浇灭。经过这场大火，黄石公园几乎是一片焦炭，但是庆幸的是，只有树木的损失，动物几乎没有损失，只有几百头大型动物和部分小动物遇难。生态环境似乎经历了一次涅槃，森林获得了一次重生的机会，原有的病害都消除了，被大火烧过的扭叶松的松子经过冬天大雪的浸泡，来年春天又发芽滋生出新叶来。

原来这种松果十分坚硬，松子被紧紧包裹在果壳内，不经大火等外力的作用，很难打开。大火加快了松林的更新速度，原来的大树都烧焦了，但是枯树的下面，更加密集的小树重又成长起来。森林管理当局也不做任何处理，任枯树与新芽共处共存。这也成为黄石公园一大特殊景观，成片的枯死的森林和下面正在生长的充满希望的绿色交错在一起，正应了那句古语：枯木前头万树春。枯木既可以警示后人，也为新生的小树提供了丰富的腐殖质，小树在已经死去的大树下面，长得更快更好。

至今来到黄石公园，仍旧会让人为这种景致感到震撼。高高的、已经发白的枯木森林和其下面正在成长的，也已经成为参天大树的新生林带，形成绿白两种层次，那苍白的枯木之林，更衬托了新生绿树的无限生机。

月亮升起来了，再看林子上空，可以看到黑黑的绿树之上枯木虬曲的老枝，显得苍劲而又悲壮。我禁不住打了一个寒颤，天很凉，雾气也重，远处再次传来狼抑或什么猛兽的嗥叫。这时我开始怀念小木屋的温暖和亲切，回到小木屋门前，抚摸着裸露的原木树皮，禁不住生出一种敬意。植物和植物丛中的动物与人类一样，新陈代谢、更新轮替不可避免，有牺牲才有希望，有推陈才会有出新。

在多数人的心目中，西部总是和牛仔相联系。

出了黄石公园，汽车一直沿着落基山脉南行，著名的大提顿山就在眼前。那种熟悉的造型在西部电影中见得多了，真的靠近竟也感到一种亲切。傍晚时分，抵达大提顿山下的牛仔小镇杰克森城。

这是一个常住人口只有三四百人的袖珍小镇，十分精致，别具风情。小城就在大提顿山的脚下，不少以大提顿山为背景的西部电影都是在这里拍摄的，小镇经常被作为背景城市。这里冬天也是著名的滑雪胜地。在小镇的主街上，抬头南望，对面山上就是滑雪场，可以清楚地看到平滑而又陡峭的滑道，这时候绿草如茵。我们国内非常流行的一项旅游项目叫作滑草，这里倒是再好不过的场地，但在美国似乎并没有这一项目。街道两边多是供旅客购物的商铺，都不大，但都十分精致，出售的商品也都是精致高档的顶级品牌，当然也有粗犷的牛仔文化特色服饰和纪念品。但是总体来说，这里没有想象中西部牛仔的那种蛮野与粗犷，倒是透出一种休闲舒适的气氛。

小镇的建筑都十分古老，有欧式建筑的古朴与细致，也充满了西部牛仔城的豪放与浪漫。街边是在不少电影中见到的，那种有着半截木板栅栏门的牛仔酒吧，也可以看到不少头戴牛仔帽，身穿牛仔服的牛仔汉子，但可以看出明显不是真正的牛仔。街中央还有一尊纯铜的骑马牛仔的雕像，一个标准的西部牛仔挎枪骑马的经典造型。小城实际只有纵横两条大街，街上汽车很少，大多是来旅游的外地游客。镇上没有公交车，人们出行或靠私家车，或乘坐一种非常古老的马车，可以坐五到六人，车子敞篷，前边三头大马，赶车的人穿戴都很古典，是中世纪的绅士礼服。但据说在这里生活的人并不多，城中居民很少，这里作为旅游城市，多数人白天过来上班，晚上还是回到附近的城市或乡间居住，真正在小镇住下的很少。这在客观上保护了这一小镇的原生

风貌，这种特殊的与艺术相关的休闲与浪漫风格，一旦过多地浸染了市井生活的气息，就会逊色很多。

让人难忘也更能体现小镇风格的还有街心的鹿角公园。论面积这恐怕是世界上最小的城市公园了，也就一个足球场那么大，从这头可以清晰地看到那头，很简单，但非常有特色。中间只是普通的草地，有供人们休息的长椅，都是用附近山上的原木做的。周围稀稀落落地栽植了一些当地的橡树和野苹果树。公园最显著的特点在它的门上，公园不大，但有两座大门，一边一座。门很特别，不是石头砌成的，也不是木头做成的，更不是钢铁铸就的，而是用无数天然鹿角插制而成的。据说附近山上动物资源丰富，其中尤以盛产鹿角闻名，过去这里不少猎人靠打鹿采鹿角为生，这里成了买卖鹿角的重要集散地，导致山中的鹿越来越少。当地政府为了保护生态环境，保护山上的鹿不被猎杀，规定不准打猎，也不准买卖鹿角。这样一来，没过几年，原来几近绝迹的马鹿、麋鹿等各类动物又都大量繁殖起来。

每到三四月份，成熟的鹿角如果不被割掉，它自己就会从鹿身上自然脱落。这样，每年春天，附近山上就会出现大量的鹿角。当地的市长就动员大家并且亲自带头上山去捡拾鹿角。大量的鹿角集中起来，不能卖，毁掉又很可惜。不知是哪位聪明的艺术家突发奇想，把集中起来的鹿角搬到街心公园，用充满爱心和浪漫的艺术灵感，将鹿角一一穿插起来，形成两道彩虹一样的拱门，分别立于公园的两头。这一化腐朽为神奇的举动，诞生了两件超群的雕塑艺术精品。它们既体现了艺术家的浪漫才情，更体现出小镇人们的爱心，让人们在休闲中体会人与自然、人与动物友好相处的和谐之美。小镇的人们不嫌其小，不少人或在树下阅读，或躺在草地上享受阳光的爱抚，或者一家老小、一群朋友围坐在草地上嬉戏，非常投入、非常休闲、非常自在地享受着这个美好的小小天地。

让人羡慕和感叹，小镇的人们很会生活，很懂得和谐之道，很会享受生活之美、生活之妙。

最大的小城市

傍晚的时候，我们进入了雷诺市。进城不远，就看到街道上空一条彩虹一样的标语：RENO——世界上最大的小城市。这让人感到十分别致，自甘其小，又自诩为大，有点意思。

本来只是从这里路过，住一夜而已，看了这条标语，倒增加了对这个小城一探究竟的兴致。到了目的地，放下行李，便与几位同学一起走上街头。

小城确实不大，街道不宽，车辆也很少。街上的行人大多为旅游观光的外地游客。小城的建筑都很有特色，大多为二三层的小楼，有的是别致的木楼，但是拐过街口看到的是另一番景象。这里饭店很多，顶级的酒店集中在一个地区，连成一片，灯火辉煌。各类档次的酒店都有，一般观光客可以得到舒适的服务，大富豪也可以尽情享受世界顶级的豪华酒店提供的无与伦比的皇家服务。

酒店下边都是娱乐城，里边有赌场。听朋友介绍，雷诺是美国第二大赌城，但却是美国最早发展博彩业的城市。老虎机这种最常用的现代赌博工具就是在这个城市诞生的。投资拉斯维加斯的商人本来是看好了雷诺，因为雷诺地理位置比拉斯维加斯要优越很多，既在沙漠之中，也靠近大山，是著名的滑雪胜地，而且这里此前已经有博彩业的基础，不少酒店都有博彩业。但是雷诺的老百姓不接受，他们投票否决，表示宁愿其小，安于现状，不同意赌博业发展规模太大，不愿意城市发展太快。这才有了后来的世界著名赌城拉斯维加斯。拉斯维加斯暴富以后，小城既不着急也不眼红，仍旧守着过去的底子，并不扩大规模，也不去与拉斯维加斯竞争，不急不躁地按照自己的章法向前发展。赌博业虽不红火，但固定的一些大酒店也是客人不断，小富即安，知足常乐。

这个小城虽不热闹，但是一年四季游客不断。这里是滑雪胜地，周围都是大山，而且雪道非常平滑，他们几十年如一日，重点打造这一品牌。每当过了十月，世界各地的冰雪运动爱好者就不约而同地来到这里。除此之外，小城还有一项世界级的赛事，每年八月都要举办世界老爷车大赛，这里有世界顶级的老爷车博物馆。大赛期间，世界各地的老爷车爱好者驾驶着自己的老爷车从四面八方来这里参加比赛，也吸引了世界各地的老爷车迷们来到这里一饱眼福。这样一来，这个小城真的是世界最大了。

据说他们自诩为世界最大的解释是，没有哪个小城能有这么多国家的游客，小城不大，但却是世界的。这样的解释也很有意思，它的博彩业，它的酒店服务业，它的滑雪胜地，它的老爷车展览与比赛，都是世界顶级的，没有哪个小城市能够与它相比。小城不大，真是世界各个国家、各种民族、各种肤色的人都有。它的特色真正成了它的优势，但是这种优势只有建立在小城的定位上才能够实现。

因小而显其大，因其大又突出了小的价值，这与我们国内不少城市动辄要建设国际大都市的思路形成了鲜明的对比，值得深思。

安纳帕里斯是马里兰州的首府，却是一个地道的滨海小城。

带我们参观的是一位六十多岁的老人，个子很高，身板笔直，他说自己的祖先是英格兰人，他身上穿的就是二百年前祖先来到美洲大陆时的衣服，里面一件白布衬衣，外罩一件长过大腿的外套，头上戴着别有长长羽毛的船型礼帽，手持长长的手杖，随手拿着一个小香袋。据他介绍，香袋中装的是香味浓郁的干花瓣，18世纪时，刚刚来到新大陆不久的美国人因为怕水而整年都不洗澡，手持香袋是为了祛除或淡化身上的臭气和异味。可能是来美洲大陆时在茫茫大洋上漂泊颠簸饱受风浪险恶之苦，见了水就害怕恶心，也可能是刚来美国时水土不服，不少人因水而病而亡，令人见水即感到不祥。现在听来难以置信，但在当时的美国，这种情况十分普遍。

老人先带我们沿街而行，让我们近距离体会安市之美。这真是一座美丽而富有韵味的小城。全城只有三万多人口，街上车辆很少，行人也不多。城里的建筑极富特色，各种样式的红砖别墅小楼，稀稀落落、错落有致地排列。粗大的树木和不算规整的草地穿插其间。很多小楼的红砖都有些斑驳缺损，看得出年代十分久远。

老人说，老街上有的楼房已有两百多年的历史，是从美国建国时就有的，这让人心生敬畏。我打量着马路两侧的一座座古色古香而又沧桑古朴的小楼，难以想象两百多年来里面发生了多少或悲或喜的故事。它们阅尽了这个国家的历史，现在仍旧静静地伫立在原地，功能不变，但却增加了这座城市的古老韵味。

走不多远便来到著名的圣约翰学院，这是一所几乎与美国有着同样长的历史的大学。从这里走出去的学生不多，但都十分优秀。美国国歌的作者就是这个学校毕业的学生。另一所大学是位于大西洋边上的美国海军学院，面积并不大，没有什么特色，在校学生四千多人，但却是一座十分古老的学校，成立于1756年，培养了无数海军、空军将领，同西点军校一样，是美军重要的人才基地。美国第一位宇航员就是从这里毕业的。

因为正值暑假，学校里看不到学生，显得寂静而冷清。校园边上的大教堂倒是十分显眼，里面除了教堂所有的一应陈设外，还有一位美国著名海军将领的纪念馆，中间是他的棺椁，两边摆了一些他的遗物和画像。

从教堂旁边的大门出来就是海港，停泊着大大小小很多游艇。蓝蓝的海水和雪白的游艇，还有天水之间飞翔嬉戏的雪白的海鸟，让人强烈地感受到沿海小城的秀美与风韵，让我想起远在地球另一端的故乡威海。两个城市有点接近，但相比之下，这里似乎更恬淡和幽静。休闲度假的美国人，驾着游艇优哉游哉地驶向碧蓝、辽远的大西洋。开阔、平坦、无边无际的大西洋就在脚下，远处海水与天际线连成一片，日之所及一片瓦蓝，哪里是海哪里是天难分难辨。海港向内，有一条像运河一样的水道，一直通向城里。水道两边的各式别墅小楼，如江南的亭台水榭，别有一番风味。这里的游客也都沉浸在小城安静、闲适的氛围之中，完全没有其他景点和城市游客的那种匆忙与喧闹，像在自家河边一样闲散地漫步、拍照或者发呆。有人盘腿坐在海边的连椅上，沐浴着凉润的海风，安静而投入地阅读。

美丽而惬意，让人体会到生活之美的小城，让人不由自主地放慢脚步，体味、欣赏而心生留恋的迷人之城。

　　从大峡谷下来不久，就进入犹他州境内，路边的风景明显开始有所不同。经过一段黑色火山岩形成的山体之后，植被明显地茂密起来，树多了，山坡平地上草的种类也多了。越向前走，这种感觉就越明显。临近盐湖城，似乎已经进入了一片绿洲，树木葱茏，花草繁茂。路边大片大片的绿野不是高尔夫球场，而是种植着小麦、玉米和牧草的良田，完全没有习惯上对于西部的那种荒凉印象。

　　通过当地朋友的介绍才知道，这里原来也是如其他地方一样荒凉，是一代一代的摩门教徒辛勤开垦和精心经营才使它成为现在的样子。美国犹他州是摩门教统治的一个州，这里摩门教徒占80%以上。每经过一个城市，都能看到有着雪白尖顶的摩门教教堂，这些教堂都建造得相当华丽，造价都很高，动辄几百万、几千万。盐湖城的大教堂是全世界最大的，也是最早的摩门教大教堂，修建了四十多年，造价四百多万美金，这在当时是一个令人吃惊的天文数字。这些样式非凡的教堂以及相关的文化和社会元素，已经成为当地一种特点鲜明的地标和名片，形成一道特殊的文化风景。

摩门教的创始人是史密斯，生于1805年，自幼在纽约附近的农村长大，从小就对宗教有着很深的偏爱。二十多岁的时候，他自己说见到了一位天使，天使给他一片金叶，上面用埃及文字写满了经文，天使说是一位摩门将军从以色列带出来的。经天使口授，史密斯将经文翻译出来，这就是摩门教的经文。根据天使的旨意，史密斯创立了摩门教，但是摩门教从一开始就充满了艰辛和苦难。因其教义主张一夫多妻，当局将其定为邪教，广大基督教徒也对其充满了仇恨。39岁的时候，史密斯被联邦政府逮捕，不久被仇恨摩门教的基督教徒活活打死。

史密斯的继任者是杨百翰，他是史密斯年轻时的朋友，对摩门教教义十分崇拜。他继承了史密斯的事业，成为第二任教主，也叫先知。史密斯先生在杨百翰年轻的时候，就注意到他对于摩门教的热爱，并给予肯定，将摩门教的经典教义传授给他。杨百翰做了第二任教主后，不仅继承了史密斯先生未竟的事业，而且带领广大信徒历经千难万险，将摩门教推向了一条正确的、不断兴盛发达的康庄大道。其中一个重要的，也是令摩门教绝地逢生的决定就是带领自己的妻子儿女和信众共142人从伊利诺伊州西迁，跋山涉水，克服种种难以想象的困难和险阻，来到犹他州。

犹他州当时属印第安人的领地，尚未开发，人烟稀少，相当荒凉。杨百翰带领众信徒一路走来，也走过土地肥沃、水草丰美的地方，但都没有停下，一直来到大盐湖岸边，杨百翰认为这样的地方才适合摩门教的教义，于是安营扎寨，开始了拓荒生涯。杨百翰带领众信徒开垦荒地，放牧牛马，很快，全国各地的信徒也纷纷来到盐湖城。杨百翰显示出非凡的组织和领导才能，按照教义制定了严格的规定，加大了垦荒的力度，每户完成了垦荒任务后，再接着迁移到另一个地方，开垦新的土地。这样，盐湖城周围的农业越来越发达，土地开垦的规模越来越大。时至今日，沿着高速公路进入犹他州，两边非常规整、一片一片的粮田和果林，使人不由得想起当年垦荒的摩门前辈所付出的血泪和艰辛。

好景不长，盐湖城遇到了一场前所未有的大旱，颗粒无收，人们靠啃食树皮度日。旱灾后的第二年，庄稼长势非常好，却又遇上了蝗灾。正在人们一筹莫展的时候，从太平洋飞来了一群又一群的海鸥，将蝗虫吃了个一干二净。为了纪念这一事件，盐湖城人民把海鸥定为市鸟。

摩门教的先辈们都非常聪明，他们与犹太人有个共同的地方，那就是善于经商。摩门教总部和各地的摩门教会都有产业，有的规模还很大。他们还规定，摩门教信徒经商的收入要有相当的比例捐献给教会，用于修建教堂和发展教育，摩门教因此积累了大量的财富。摩门教徒们有了钱就修建教堂，一种不同于基督教和天主教的新教堂在美国各地陆续建起。摩门教堂都不是很高大，与普通民房差不多，每个教堂都有一个尖尖的顶子，上面有一个小金人，传说这是摩门教的第一位先知，就是送经书给史密斯的天使。

摩门教发展很快，其教义和不断好转的形势吸引了很多信徒来到盐湖城，来到犹他州，加入了西部垦荒的行列。盐湖城发展得越来越好，摩门教的影响也日益扩大，但是摩门教的发展不断受到美国政府和来自天主教、基督教的镇压和排挤。除了史密斯先生被活活打死之外，摩门教还经受了很多灾难和考验，包括与印第安人的战争、与政府的冲突、与基督教徒的冲突等，特别是与美国政府的冲突。美国政府要求摩门教必须废除一夫多妻等制度，但是以杨百翰为首的摩门教毫不屈服，坚持保留古老的教义。最后，在杨百翰去世以后，另一位历史上著名的先知做通了有关方面的工作，于1827年正式申请建州，并成为美国的第 43 个州。

　　摩门教让世人感到神秘的一个原因，就是其初创时倡导一夫多妻制。摩门教的两位先知都是多妻。史密斯一生有36个妻子，杨百翰一生娶了24个妻子。一夫多妻制是摩门教早期倡导的一种风俗，但一夫多妻并不是任何人都可以做到，一是要有一定的经济能力，二是要得到第一位妻子的同意。实际上做到这两点的人并不是很多。之所以倡导一夫多妻制，一是早期摩门教受到多方面的打击和挤压，人数很少，为了自身的发展，促进信众的繁衍，最好的办法就是多妻多生多育；另一方面，多妻也是吸引广大青年参与摩门教的最有效的办法。摩门教的先知认为，男人最大的幸福，就是给予他众多的妻子。事实上，也正是一夫多妻的制度吸引了大量的美国青年投奔摩门教。二是由摩门教教义所决定的。摩门教教义规定，男子必须对妻子、对家庭忠诚。为了限制男人在外的活动，让他忠于家庭，最好的办法就是一夫多妻，不断有新妻子来吸引或者管制。一夫多妻制下，妻子与丈夫，众多妻子之间，都非常团结，非常和谐。他们非常重视子女的生育，妻子们通常会做出有利于生育的安排，决定丈夫夜晚的归宿。

时至今日，一夫多妻制度早已经废除，但是男人要忠于家庭、忠于妻子的教义没有改变。摩门教家庭大都很和谐，摩门教家庭极少离婚的，也少有夫妻不和或男人在外有外遇的，他们大都能够恪守教义教规，按教义教规约束自己，精心地维护和经营自己的家庭。

摩门教非常重视教义的推广，不断发展壮大。摩门教规定，男子满21岁后必须外出传教两年。目前，每年都有数以万计的摩门教青年在世界各地推广和宣传摩门教教义。摩门教也很重视教育，教会的钱除了修建教堂和用于教会的基本发展，很大部分用于捐助教育，兴办大学和各类学校，也用于资助那些没有经济能力上大学的贫苦青年学子。犹他州和世界各地都有杨百翰大学。杨百翰大学的学费很低，有的不收学费，但是学生毕业以后必须义务为教会工作一段时间。这样一来，摩门教不仅扩大了影响，而且培养和吸引了大量的优秀青年，这使得摩门教迅速成为一个世界范围的重要教派，在很短的时间内得以在全国甚至全球范围发展起来。

目前美国每一个城市都有摩门教教堂，世界上大部分国家和地区有摩门教的信徒。亚洲地区特别是东南亚甚至我国的台湾和香港地区，也有大量的摩门教信徒。盐湖城已经成为摩门教发展的一个中心，成为摩门教的一座圣城，犹他州也成为摩门教的发祥圣地。每当谈起这两个地方，每一个信徒都充满向往。作为凡俗的旅人，如果要认识和了解摩门教，就必须到犹他州，到盐湖城。

魔鬼与天使

　　旧金山对于不少中国人来说，是一个熟悉而又神秘，既充满梦想和希望又凝聚着斑斑血泪的地方。只要知道美国，就知道旧金山，从19世纪开始，大批的中国人，伴随着淘金热的世界潮流，或被贩卖或自主漂流来到这里，修铁路，挖金矿。可以说，他们是伴随着美国西部尤其是旧金山的发展而逐步在美国生存定居下来的。没有中国人的汗水和血泪，就不会有旧金山甚至美国西部今天的发展。

　　来到旧金山，内心有很多的感慨，站在金门大桥下面，放眼波涛滚滚的大海和来来往往的船只，对一百多年前那些漂洋过海来到这里的同胞和先辈充满了敬意和感佩。他们从温暖的故乡来到这个陌生的世界，需要多大的勇气和毅力，要忍受怎样的别离之痛和颠沛之苦，远非今天的我们所能想象。

傍晚的时候，我们登上了渡船，驶向金门湾。金门湾很漂亮，碧蓝的海水，一桥飞架海湾两岸，彩虹一般的金门大桥，特别是从金门湾回望旧金山市区，让人有一种美妙的、超然的感觉。成片成片的楼房让我们看到城市规模之大，斑斓的色彩让我们感受到城市的繁华，层峦叠嶂般的街市让我们感佩这座城市的美丽。

难以想象这里曾经是一个不起眼的小镇，曾经是一个被地震与大火毁灭过的城市。在这座小镇最初只有几千人时，中国人就来到了这里。应该说，是中国人和美国人一起，用双手和智慧建造了这座城市，这座漂亮的城市里几乎每一幢楼房都掺杂了中国人的汗水和血泪。

从1848年开始，中国人就来到这里，一个多世纪以来，有成千上万的中国人来到这里工作、生活。有淘金、修路的劳工，也有求学的学子，孙中山先生就曾经在这里生活过。中国人为这座小城的发展付出了很多，但是中国人在这里却受到排挤。19世纪中后期，美国的排华情绪非常严重。1882年，美国国会竟然出台了一项禁止中国人移民的法案。从那时开始，中国人在这里处处受到不公的待遇，不论移民还是来探亲都被百般阻挠，甚至遭受难以想象的迫害。

渡船越开越远，市区渐渐淡出视线。这时候，一座小岛进入人们的视线，朋友介绍说是天使岛，美国人也称它为西部爱丽斯岛。这是一个多么漂亮的名字。小岛也很漂亮，芳草萋萋，绿树成荫，几幢楼房十分扎眼，现在已经成为旅游景点，游船可以直接开到岛上。但是近百年前，这里却是一个令无数华人感到恐怖和充满仇恨的地方。美国排华法案出台后，排华浪潮愈演愈烈，到20世纪初，在这个小岛上设立了亚洲移民站，专门负责亚洲移民特别是中国移民进入美国的检查。成千上万的中国人从船上下来，刚刚踏上陆地还没站稳就被驱逐到另一条船上，拉到这个小岛上，像犯人一样，被关进了监狱般的石头房子，周围布满铁丝网。男女被分开关押，夫妻甚至母子也不准见面。隔三岔五地提审，一旦哪句话不合适就被驱逐出境。关在这里少则几月，多则几年，多数都在半年以上。这里生活条件极差，饭菜经常是臭的，几十个人睡在一起。据不完全统计，从1910年至1940年的30年间，在这里关押过的中国移民多达几十万人。很多人忍受不了非人的折磨而含恨死去。从这里走出去的人，都是一把鼻涕一把泪，精神大变，对包括子女亲属在内的任何人都不愿意提及这里的非人生活，一直到晚年甚至离开人世都不愿再提。他们自感这是一种难以启齿的耻辱。这段历史，很多旧金山人不知道，很多美国人不知道，很多中国人更不知道，直到20世纪70年代才被人发现，揭开了这段被深藏近半个世纪的中国移民屈辱史，同时也是美国政府的不洁历史。

我们的渡船围着小岛转了一圈，人们都翘首凝望着小岛上的房屋，都难以想象这么漂亮的一个小岛竟承载了一段如此丑恶的故事。天使与魔鬼并存于美丽的金门湾，与天使岛相隔三四英里的一个小岛名叫魔鬼岛，岛上曾经是一座监狱，关押过无数杀人犯。那里关押的是魔鬼，而天使岛则是被魔鬼所关押和玷污。但魔鬼是不能长久的，天使最终还是战胜了魔鬼。1940年以后，经无数华人的不懈努力，特别是随着世界反法西斯同盟的建立，中国作为同盟国和战胜国地位逐渐上升，天使岛上的中国移民检查站也不得不撤销了，中国人进出美国开始受到正常的待遇。

国强则民强，国弱则民屈。国家贫穷孱弱，在外华人就受气被欺。普世的天使是没有的，魔鬼也不是不可以战胜。今天我们走出国门，不论在世界的任何一个角落，都会受到尊重和礼遇，都会得到强大祖国的庇护。今天，旧金山的华人已经占到城市人口的近三分之一，有25万之多。大家都以生为中国人而自豪，都为强大的祖国而骄傲。一部旧金山中国人的移民史，也是一部中华民族复兴发展的历史，让人深思，让人警醒，让人铭记。

离开旧金山湾，沿滨海公路南行，来到旧金山最美的地方——蒙特利半岛。蒙特利半岛最美的地方又在十七里湾，用朋友的话说，那是"美得让人窒息的一个鬼地方"。

这里最大的特点就是山与海的交融。旧金山是一个山城，跌宕起伏、曲径通幽，这里表现得尤其明显，路是在山与海之间穿行，海有时就在路边，就在车窗之外。海滩就是路基，路下边就是迷人的海滩。有时又进入森林，而且是古树参天的老树林。

去十七里海滩，必会经过一段叫鬼森林的地方。那里的树长得奇形怪状，都是几百年甚至上千年的古树，仿佛有了灵性，不时地在路边变换着样子，有的像怪兽，有的像飞龙，有的像一位白须老人，有的像一个长发飘逸的美女。白天还好，看得清是树，若是夜晚，真的分不清是什么东西，确实吓人。这些树大多为松树、柏树、橡树，还有其他人们不认识的热带、亚热带树种。

在海边有一棵古树，传说至少有四百年的历史，名字也起得古怪，叫"孤独的柏树"。那里是一个小的半岛，伸进了海里，那棵树就在那小岛最尖处的最高处，三面都是大海。树的样子长得倒还好看，树形很规整，树干比较直挺，不太繁茂的树枝呈伞状向上生长。美国人认为这棵树非常漂亮，漂亮得难以再生，一家公司甚至专门把它注册为公司的Logo，而且专门为它用石头砌起了围栏加以保护，不让游人接近。朋友专门介绍说不要把这棵树作为自己的Logo，那样会吃官司。在我们看来，这棵树实在没有什么特别之处。不过它的样子确实显得十分孤独，长年累月地在那里站立着，没有伙伴，没法移动，显得有些委屈，有些孤傲。看到它，我就想到泰山顶上的迎客松，我们的松树都是顶天立地的，这棵树的样子与我们的审美习惯有一定的距离，这可能也是文化上的差异所致。

因为有山有海，而且都是自然海岸，没有开发和破坏，也比较幽静，这里成为很多名人和有钱人居住的天堂。路边和海边的各种别墅小楼与山与海融为一体，也成为海滩的重要风景。有的开门走下台阶就是大海，有的后院就是高尔夫球场。与洋房别墅相映成趣，海边的高尔夫球场也是旧金山一大景观。这里的高尔夫球场都直接通到海边，有的穿过海汉，成为跨海球场。绿绿的草坪与金黄的沙滩紧密相连，海水的泡沫可以直接涌到球场跟前。挥杆其上，呼吸着大海的新鲜气息，确实是一种难得的享受。老虎伍兹在这里有自己的私人球场，每年都要来这里小住。很多球星和名人都把来这里打球视为一种休闲和享受。

漫步十七里长滩，到处都是目不暇接的美景，印象最深的还有第十号海滩，这里有一块牌子，上面写着：China Beach（中国海滩）。原来这里是一百多年前中国渔民捕鱼和搭建窝棚的地方，所以被当地人称为中国海滩。当然现在这里已经没有任何当年的痕迹，只有这一块标牌而已。遥想当年那些同胞们风里浪里克服了多少困难来到这里，眼前这美丽的海滩寄托了他们多少梦想与辛酸。再看眼前的海滩，每一片海水，每一块礁岩，每一颗沙粒，都感到一种难以言说的亲切。

这里的风景真是漂亮，海滩特别平缓，蓝蓝的海水、金黄的海滩与路面平行并列，几乎连在一起。不远处便是一座小岛，是有名的鸟岛。小岛是典型的火山岩，黑色的火山岩有的已经风化了，呈现出一种石灰白色，黑白相间，特别是在蓝蓝的海面上，在阳光映照下，像燃烧的火焰，又像琥珀一样熠熠放光。小岛的顶部密密麻麻落满了各种海鸟，有红嘴的海鸥，也有黑色、白色等各种颜色的不知名的海鸟。海鸟也不怕人，见有人来，竟呼隆隆飞过来很多，落在路面上，眼睛盯着游客，咕咕叫唤，像是欢迎，也像是要食物。还有很多海狮和海豹，一群一簇地趴伏在礁岩上哼哼叫着，有的在互相嬉戏，有的在静静地休息，不少小鸟飞到海狮的身上啄食，一派安乐祥和的景象，让人感动。

去夏威夷的游客，不论国籍和民族，珍珠港都是必到的去处。这里是美国人永远的痛处，也是世界各国游客感到沉重、压抑和神秘的一个地方。

珍珠港原来是夏威夷土著人采集珍珠的地方，美国人于20世纪初把这里建设为军港，作为控制太平洋地区的海军基地。日本人也意图控制太平洋和东南亚地区，于是这里就成为日本的战略攻击目标。珍珠港位于夏威夷群岛第三大岛——瓦胡岛的西南面，整个港湾呈鸟掌状向海岛陆地辐射，群山环抱，出海口最深处只有13.7米。这种优越的地形使其成为十分难得的天然军港，但也正是这种封闭式的地形，为日本人偷袭和攻击提供了方便。

胜败福祸，相倚相伏。这场战争，坚定了美国人参与第二次世界大战的决心。没有"二战"中的出色表现，美国不会有后来的霸主地位。这场战争，也决定了日本覆灭的命运，加速了日本军国主义灭亡的进程。没有美国人的参与，太平洋战场的局势和进程很可能会有新的变数。

珍珠港事件的惨烈程度前所未有，对于美国军队的打击前所未有，对于美国人心理的冲击前所未有，对于世人的警示也是前所未有。

这是美国军队继19世纪受到墨西哥军队攻击后，第二次在美国国土范围内遭受敌人的攻击，而且是这样惨烈，这样毫无准备，这样损失惨重。1941年12月7日成为美国军队，甚至所有美国人挥之不去的痛楚和记忆。短短的几个小时，他们损失了整个太平洋舰队几乎所有的战列舰和相关战舰，各类战机300余架。最让他们心痛的是阵亡士兵2400多人，其中仅"亚利桑那号"就牺牲1500多名水兵。这让他们感到心痛，感到耻辱，感到愤怒。这场战争也是两个民族的交锋，突出地体现了两个民族不同的性格特征：美国人的大意和自信，日本人的精明和算计。两种不同的民族性格决定了局部战争的胜败，也注定了各自的最终命运。

相隔半个多世纪，如今的珍珠港一派和平景象。港湾中雪白的亚利桑那舰纪念馆和高高飘扬的美国国旗显得特别惹眼。去纪念馆要排队换乘美国军方的摆渡船，行驶大约十分钟才能到达。纪念馆的设计十分别致，也别具深意，从远处看是一个美军水兵帽的样子。这顶巨大、洁白的水兵帽，静静地躺卧在蓝色的水面上，它的下面就是那艘沉没的"亚利桑那号"战列舰，二者呈十字形排列。这艘战舰是被击中了弹药库自身爆炸而沉没的。当时1000多名士兵正在沉睡，没等醒来就被炸成了碎片，与战舰一起沉入了海底。以当时的技术条件根本无法打捞，美国政府也决定不再打捞，按照水上葬礼的风俗让这些年轻的水兵与他们的战舰一起在海底长眠。

为了纪念这些水兵，也为了纪念这场战争，美国政府于20世纪80年代建造了这个纪念馆。设计师的理念是一顶水兵的帽子，象征着对那些年轻水兵的怀念。我觉得纪念馆的造型更像一个类似中国传统的玉枕的样子，中间凹下去，两头微微翘起来，让那些在睡梦中牺牲的年轻水兵永远在和平的梦境中，永远不要醒来。

纪念馆体现了美国人务实的特点，很简单。钢筋混凝土结构的主题建筑本身就是一尊巨大的雕塑纪念艺术作品，横架在亚利桑那舰残骸沉没的水面之上。纪念馆大厅的墙上是那些牺牲水兵的名字。这些曾经鲜活的生命，如今只成了抽象的符号。通往纪念馆的通道也是纪念馆主体的一部分，设计者做成了战舰廊桥的样子，从廊桥上可以直接看到两侧的水面。一侧是亚利桑那舰的泊位墩，一侧是战舰的主炮位。那个泊位的缆绳铁墩至今还可以系用，但是却再也见不到那条熟悉的缆绳了。年轻的水兵就从那个地方上下战舰，但是如今再也等不来他们矫健的身影。所有来到纪念馆的游客，都静静地观看，静静地沉思，包括那些年幼的孩子。战舰在水下已经静静地躺卧了半个多世纪，裸露在水面上的巨大的主炮位铁壳的边缘已经锈蚀得快要脱落，想必下边的机舱也已经开裂。炮位周围的水面上漂起淡淡的油花，太阳照耀之下，在水面上泛起彩虹一样的颜色，那该是年轻水兵溢出的泪水，是他们无法擦拭的眼泪。

这眼泪是对战争与杀戮的控诉，是对和平与博爱的期冀。

到了夏威夷，当地朋友教你的第一句话就是"阿罗哈（Aloha）"。一般来讲，阿罗哈的意思是欢迎、你好、再见等；根据声调的不同，又有不同的意思，压低声音拉得长一些，就变成了我爱你的意思，总之是夏威夷人（波利尼西亚人）表达友好感情的一句常用问候语。这句话也最能体现夏威夷人热情、好客的性格特征和波利尼西亚浪漫、奔放的文化特点。

接待我们的是一位来自台湾的山东老乡。他说他自己是移民。其实夏威夷现在就是一个移民州，大部分为白人、亚洲人，其次才是土著人。土著人很少，还不如日本人多。实际上现在的土著人也不是真正的土著人，也是曾经的殖民者。在一千多年以前，波利尼西亚人驾着独木舟来到夏威夷群岛。1795年，一个叫卡美哈美哈（Kamehameha）的酋长征服了夏威夷其他部落，建立了夏威夷王国。这是一个短命的王国，存在了不到一百年。虽然身处大洋深处，还是经受不住工业文明武装下的欧美列强的强大冲击。1893年，一群政客和商人在美国人的帮助下发动政变。在美国军队的威胁下，夏威夷王国的女王被迫退位，美国随后占领了夏威夷群岛。1959年，夏威夷正式成为美国的第50个州。

对于美国来说，这是一段不光彩的历史，他们自己也承认。1993年，经美国国会批准，时任美国总统的克林顿签署法案，为一百年前推翻夏威夷王国而道歉。对于夏威夷人来说，这是一段痛苦而又屈辱的历史。近百年来，他们一直没有放弃对于夏威夷的主权要求，一直没有放弃对于自己民族文化的坚守。瓦胡岛上卡美哈美哈王宫还在，这座欧美风格明显的豪华建筑似乎注定了它的命运。大楼前夏威夷王国的国旗还在飘扬，王宫前用黄金铸成的卡美哈美哈国王的雕像仍旧挺立在那里。每年王国纪念日那天，都有无数的夏威夷人在这里游行集会，敬献夏威夷特有的花环，有的花环长达几十米。但是这种要求，这种坚守，面对着强大的美国政权和美国文化显得毫无力量，王宫也好，旗帜也好，都只是一种象征而已，集会也逐渐成为一种仪式性的活动。恢复主权、恢复夏威夷人的自主世界已经变得没有可能。当地人似乎也都接受了美国星条旗下的生活。

通常我们所说的夏威夷是包含夏威夷岛在内的夏威夷群岛，包括132个小岛，其中主要是8个有人居住的大岛。这些海岛在太平洋上整齐地一字排开，像一条长长的链子。我们入住的岛屿叫瓦胡岛，在夏威夷群岛中属第三大岛。这里是州府所在地。州府在檀香山市，也叫火奴鲁鲁。我们住的宾馆在威基基市，夏威夷最美的海滩就在这里。从宾馆出来，穿过一条马路，就到了著名的威基基海滩。阳光、沙滩、海浪、椰林，还有五彩缤纷的阳伞以及沙滩上的俊男靓女，这些都是最能体现夏威夷风情的地方，也是最让游客们流连忘返的地方。提到夏威夷，人们自然会想到迷人的海滩、夕阳、草裙舞和夏威夷衫，想到月光下椰林中的吉他弹唱。这些迷人的景象，大多就在威基基海滩。夏威夷风情是迷人的，有自然风光，也有民俗风情，但是这些只是夏威夷文化中表面的、符号化了的元素，真正能够体现夏威夷文化的历史内涵和独特魅力的是丰富奇特的波利尼西亚文化。

波利尼西亚文化，具有悠久的历史和丰富的内容。瓦胡岛上有一座波利尼西亚文化村，是附近的摩门教大学——杨百翰大学赞助建设并负责运营的一个集中展示波利尼西亚文化的地方，包括波多黎各、斐济、汤加等七个岛屿的不同文化。这里基本是原生态的展示，复原了不同岛屿的不同的文化形态、生活场景。这里有最能体现波利尼西亚文化特征的木鼓舞台和火神舞、草裙舞等民族舞蹈表演，有曾经乘载着波利尼西人来到夏威夷群岛的独木舟的展示和乘坐体验，有斐济人生活的小木屋，有汤加酋长的卧室，有波利尼西亚人传统的游戏，还有一台反映波利尼西亚人生活的大戏，名字就叫《阿罗哈》。这是一台反映波利尼西亚人生命传承和生活演变的大型室外音乐诗剧，主要讲了一家波利尼西亚人在夏威夷岛上的生活：一对青年男女从相爱到生子，一直到儿子长大，经历了战乱和大自然的磨炼。儿子逐渐长大成熟并有了自己的心上人，当他与心上人结为夫妻，准备迎接新的生命到来的时候，他又面临着与给予他生命的父亲告别。这是一个生命传承的故事，是夏威夷人生活和历史的写照。生命的传承、文化的传承都是痛苦而又艰难的，但是生命还在成长，生活还在延续。创建文化中心的目的在于保护和展示波利尼西亚文化，但是一种文化真的到了需要保护的时候，说明它已经离消失不远了。这里展示的大量的波利尼西亚人的生活场景，在现实生活中已经很难找到踪影。漫步中心的各个展区，既感到新奇，也有几分怅然。来夏威夷这几天，听到的都是美式英语，很难听到真正的波利尼西亚语，看到的都是已经符号化、舞台化了的草裙舞和夏威夷衫。真正的夏威夷人是怎么生活的，朋友说他也不知道，恐怕要到很远的大山里去找，还不知能不能找到。

不管怎样，夏威夷人的生活还是不错的，每年到这里来旅游的游客有800多万，这为这个不足100万人的岛州，带来了滚滚财源。生活富足了，文化是不是能够得到保留、传承，这是一个让人看不懂的命题。对于热情、好客的夏威夷人，我们只有默默地祝福，长长地道一声：阿罗哈！

哈雷大道

威斯康星州的密尔沃基是靠近密歇根湖的一座小城。小城本没有名，但因为出产了哈雷而成为一座世界级的名城。

沿着五大湖南行的路上，不时有哈雷摩托从旁边轰然而过，有时是成群的哈雷车队，多数时候是单人独骑，在高速公路上疾驰。轰轰震耳的马达声隔着老远就能听见。哈雷速度惊人，疾驰如飞的汽车很快就被超越。

据说骑哈雷的目前有几种人：一是老兵，这是哈雷摩托的传统爱好者。自1903年建厂后，哈雷就一直是军方的主选产品。"一战"中，美国大胆运用了摩托车作为军事装备。"二战"中又把摩托车更广泛地运用于军队，特别是成为野战部队的必备车辆。当军人们告别了烽火硝烟回到故乡时，最让他们怀念的就是那些与他们朝夕相处的摩托军车。哈雷公司适时推出了民用哈雷，满足了那些回到家乡后郁郁不乐，无法适应和平生活的老兵们的需要。此后的越南战争、朝鲜战争，都有大量的美军士兵伤亡。身体和心理都曾遭受巨大创伤的退役老兵们，从哈雷摩托那里找到了寄托。这些人现在都是五六十岁的老年人，在美国不论哪个城市，哪个角落，你都可以看到他们的身影。

另一类人是年轻人，"80后""90后"的年轻人。他们或者是嬉皮士，或者是青年学生，哈雷成为他们在平静的生活中寻找刺激和宣泄的最佳载体。第三类是中年白领，在激烈的竞争和繁忙的工作之余寻求一种释放压力、放松身心的刺激渠道。不同的骑手从装束上就可以分辨出来。老兵多数是白发飘飘，留着胡子，只戴一顶头盔，身着牛仔便装，让人为他们的关节担心。老兵的车上都插着一面到多面美国国旗，身后的车架上非常专业地载着高高的行李。青年学生则是装饰花哨，车上贴着各种色彩鲜艳的标贴，穿着华丽夸张的摩托服装，装着高级音响，放着重金属音乐。中年白领一般是戴着头盔，身着规整的哈雷摩托皮装。

到达密尔沃基已经是下午五点多了，从高速公路下来，我们直奔哈雷摩托公司总部。它的厂区很开阔，看不到惯常工厂的那种繁忙，像是假期期间，冷冷清清。厂房也很破旧，有的楼顶的玻璃碎落了，就那样空着，看得出很久没有维修了。进了厂区不远就是哈雷博物馆。博物馆前停满了一排排不同形状、不同型号和规格的哈雷摩托，多数后座都带着高高的行李，看得出都是经过了长途跋涉而专程过来朝圣的。

在世界各地上百万哈雷爱好者的心目中，密尔沃基就像圣地一样。博物馆不大，一座方形的五层楼房，没有过分的装饰，只是蓝色的玻璃幕墙加了一些动感的设计，显得现代大气。馆内展示了哈雷摩托车从发明到全球销量第一供不应求的发展过程，展示了哈雷摩托技术不断创新发展的过程，展示了哈雷摩托车从单一的物质产品到多方位的文化产品的发展过程。

哈雷是美国文化的一个奇迹。从1903年第一辆哈雷样车诞生一直到今天，哈雷经历了两次世界大战等多次战争，经历了多次经济危机、金融危机和大萧条，但是无论在哪种情况下，哈雷的销量都在不断上升。最初的哈雷是由21岁的威廉·哈雷和20岁的阿瑟·戴维森在一间小木屋里"攒"出来的，并以两个人的姓氏命名为"哈雷-戴维森"。一个世纪以来，哈雷一直拥有稳定的顾客群，现在已经销售到200多个国家。近年来，美国经济滑坡，消费能力大减，哈雷的年销量却以15.7%的比例增长，年纯利润超过4亿美元。

一个世纪以来，哈雷一直倡导自由大道、原始动力和美好时光的文化理念。哈雷用了一个世纪的时间，始终以最原始的动力，成功地走出了一条越来越宽广的自由大道。

看过哈雷的发展历程展览，我想，哈雷能驶入今天的自由大道，主要得益于以下几个方面：一是始终不断的技术创新。从最初的单排气管摩托车到双排气管，从500毫升发动机到1200毫升或更大排气量的发动机，从三挡变速到四挡变速，还不断引入液压减震器、电子点火器等新技术，使用玻璃纤维、铝合金等新材料，根据市场需要不断开发新的系列产品。1907年，哈雷制造出了第一台V型双缸发动机，到目前已有多缸发动机，几乎与汽车同步。二是始终不断地关注市场，从产品的多样化到服务的多样化、全方位。哈雷摩托车品类齐全，完全由市场来定型。既有比赛用车，又有警用产品，军用摩托一度是主打产品，目前更多的是民用产品。为了适应各种层次骑手的需要，哈雷摩托既有几万美元的高档型，也有几千美元的低档型，还提供租赁服务，所以谁都消费得起。除了摩托车，哈雷还为车迷开发了各种二线产品，帽子、头巾、内衣、袜子、夹克衫、靴子、钱包、打火机等等，让哈雷迷们可以从头到脚、从里到外全副武装。在维修、租赁等方面，哈雷都有无微不至的服务。哈雷不仅出租摩托车，还提供头盔、雨衣、小件寄存和24小时紧急援助服务。在哈雷的官方网站上还帮助消费者制定预算和贷款计划，提供财务及保险咨询服务。 三是始终不断地寻找商机。从"一战"开始，哈雷摩托一直是美军的最佳合作伙伴，紧紧跟随军队战时需要，及时开发适应不同战场特点的产品，赢得军方的充分依赖，也使广大士兵形成对哈雷的认同甚至依赖。战后及时调整策略，开发适应不同人群的产品。漫步观赏一楼和二楼展区的几百种样车，不能不令人感叹哈雷公司的市场意识和灵活的经营理念。四是始终不断地关注文化的培育。哈雷公司一直注重培育哈雷文化，他们要让摩托车不仅成为人们的一种交通工具，还要成为一种不可或缺的文化依赖。为了倡导哈雷文化，推动哈雷文化，公司定期举办各种文化活动，还专门成立了哈雷俱乐部，目前会员已经遍布世界150多个国家，人数已经超过70万。不论你在世界的哪个角落，只要一听到那熟悉的轰隆作响的哈雷马达，你就找到了知音，你就有了心灵的伙伴。这些看似原始看似普通的动力，经过哈雷一个世纪不间断的坚持与组合调整，最终成为一种不可阻挡的巨大动力，支撑和推动着哈雷在自由大道上飞驰。

抵达芝加哥的时候，天已经黑了。

汽车一直沿着密歇根湖岸向南行驶，环城高速上车水马龙，看得出芝加哥作为世界大都市的发达与繁荣。公路的一边是蔚蓝的湖水，另一边就是繁华的市区。这时候已经是万家灯火，林立的高楼大厦更是灯火通明。

芝加哥是一个南北长、东西窄的长条形城市，南北长达40多公里，东西宽约24公里，市区人口290多万，加上郊区和附近城市，芝加哥大区总人口900多万。不论是人口还是面积以及在美国和世界经济中的地位，芝加哥都是仅次于纽约和洛杉矶的第三大城市，是地道的国际大都会。

芝加哥位于北美中西部的中心地带，这里是铁路、水运和航空的重要枢纽，被称为"美国的动脉"。这里有三大机场，是美国最大的铁路和空运中心，有世界上最大的内陆港口，公路也是四通八达。

芝加哥建城历史并不算长，只有一百多年，但是发展很快，从19世纪30年代建城到20世纪初，这里已经成为在美国经济发展中具有重要地位的大城市。芝加哥不仅是交通枢纽，也是工业、商贸、金融和农业发展的重镇，特别是工业和金融业。这里的钢铁、纺织、机械制造奠定了美国传统工业的重要基础，在美国工业发展史上具有重要的影响。因为工业的发达，这里聚集了大量的产业工人。在19世纪80年代，这里爆发了产业工人要求八小时工作制的工人大罢工，从而诞生了"五一国际劳动节"。这里也是"三八妇女节"的诞生地。至今这里的钢铁产量仍是全美第一，机械制造、电子、农业技术、肉类加工等方面也都在美国以至世界居于领先地位。世界500强企业中有33家总部设在芝加哥。芝加哥还是美国中西部重要的金融中心，也是世界重要的金融中心之一。芝加哥证券交易所是仅次于纽约证券交易所的美国最大交易所之一。芝加哥商业交易所是世界上最大的易损货物交易市场，在世界金融交易场所中首屈一指。芝加哥期货交易所的成交额超过美国任何一家交易所。芝加哥还是美国一些大银行和金融机构总部和分支机构所在地，拥有300多家美国银行、40家外国银行分行和16家保险公司。

芝加哥的城市建设非常有名，有"建筑艺术博物馆"的美誉。

1871年芝加哥城曾遭遇了一场大火，整个城市几乎全部烧毁，大火一直烧了三天三夜，300人遇难，9万人无家可归，财产损失达2亿美元。祸兮福所倚，正是这场大火成就了芝加哥。火灾之后，经济已经十分发达的芝加哥市开始了大规模重建。世界各地大批的建筑设计师云集芝加哥。现在的城市建筑都是灾后重建的，整个城市规划合理，功能划分井井有条。全市共分为中北西南四个区域，东面是大湖，北、南、西三面都是住宅区。其中北面主要是高级住宅区，多数是白人；占芝加哥人口40%的黑人主要居住在西面、南面。市中心是主要商业区，集中在卢普区和密歇根大道两个区域。卢普区是老商贸区，因其位于环城铁路环绕的大圈内，称为卢普（Loop）。卢普区范围不大，长一公里多，宽不足一公里，跨越五个街区。这样一个弹丸之地，集中了大批商贸、金融机构和跨国大公司，被称为"世界上最富有的地区""世界上最繁忙的地区"。密歇根大道则被称为世界上最漂亮、最繁华的地方。如果说以卢普区为代表的老城区主要集中了早期传统的欧洲古建筑，那么密歇根大道则主要集中了样式新奇、风格各异的现代高层建筑。全市最豪华的酒店、最时髦的商店都集中在这里，最现代的摩天大楼也都集中在这一带。芝加哥人称这里为"壮丽一英里"。密歇根大道的宽阔、繁华程度不亚于香榭丽舍大街，这里的高层建筑之多、之豪华，摩天大楼之壮巍，无不让人叹为观止。在这里，46层以上的建筑就有50多座，10层以上的到处都是。

一提起摩天大楼，人们一般都要想起纽约，实际上美国最高的高楼不在纽约而在芝加哥，这里有座110层、楼高443米的西尔斯大厦（Sears Tower）。世界上最高的五座大楼，这里有三座。不论是单体高度还是总体规模，芝加哥都远远超过了纽约，"壮丽一英里"远远超过了曼哈顿。纽约的高层建筑比较松散，这里的高层建筑都很集中。一英里的距离，集中了上百栋高层大楼，可以毫不夸张地说，这里是世界上最集中的"摩天大楼的森林"。

人们称这里为"摩天大楼的故乡""建筑艺术博物馆"，不仅仅因为这里诞生了世界上第一座摩天大楼，还因为这里有一个世界建筑史上赫赫有名的主张"形式服从功能"的芝加哥学派，有一批可以彪炳世界建筑史册的杰出建筑大师。驱车行驶在密歇根大道，我们感到进入了一个神奇的建筑艺术世界，一幢幢摩天大楼，造型各异，每一座大楼都灯火通明，各种不同效果的灯光辉映出光彩各异的造型，在深蓝的星空下形成一道道亮丽奇幻的风景。

我们的第一目的地是老水塔。老水塔是芝加哥市目前最古老的建筑，整个水塔高42米，这是芝加哥大火后唯一一座没有被烧毁的建筑，也是当时芝加哥最高的建筑。水塔很有特色，中间是碉楼式的水塔，周围是一组四五层的功能楼群，全部用花岗岩石头建造。整个建筑远看就像是一座古堡，夜晚在碧蓝的灯光映照下显得有几分神秘。水塔的对面也是一组全用石头砌建而成的建筑，这是当时的水务局办公楼，楼高8层，现在已与水塔没有丝毫关系，而是成为全市最豪华的购物中心，但两者联系起来，分列大道两侧，在众多摩天大楼的空隙中显得别有韵味。

看过老水塔，我们又登上了位于湖边的汉考克大厦（Hancock Center）。这是一座100层、高343米的摩天大楼。楼顶上有两座锥形的天线直插云霄。单纯从楼高来看仅次于西尔斯大厦，在全美位居前五位。其楼顶既可用餐，又可观赏夜景。饭店在95层，很规范的西餐厅，必须着正装和礼服才能进入。我们几位因穿着便装，服务生将我们领到了96楼，这里只能喝饮料不能吃饭，但可以饱览芝加哥夜景。楼的四周全是落地玻璃，大部分座位已经坐满了，我们只能在外围找到座位坐下，也看得清楼下市区的迷人夜景。从半空中俯瞰整个城市，灯火辉煌，有如灿烂的星空，一条条穿行其间的马路，车辆奔流不息，像一条条光灿灿的银河。周围的高楼大厦都是灯火通明，一座紧挨一座，像无数闪亮的圣诞树组成的巨型森林，又像一座由无数矩形模块组成的奇异而又巨大的魔方矩阵。

不远处的大湖里，不少游艇还在水中游动，灯光一闪一闪。远处的林肯公园在灯光下依稀可辨，各种灯光辉映下宛如湖边的一条彩带。格兰特公园内那个世界上最大的人工照明喷泉，在灯光的照射下，如腾入半空的蛟龙，五彩的水雾如空中迷人的彩虹，真是太壮观了。同行的朋友都在惊叹：此景只应天上有，疑是繁星落九天。

不知是不是登上高楼的正常反应，我感到脚下有些摇晃，真的分不清是在天上还是人间了。

芝加哥是一个富有魅力的城市，其魅力不仅在于它发达的经济，辉煌的建筑，更在于它深厚的文化底蕴。滚滚的财源和漂亮的大楼只是它的外表，丰富的文化元素才是它的灵魂。这里不仅是一座令人感叹的现代建筑之城，也是一座让人心动的艺术之城。这样一座并不算很大的城市，竟然有46座博物馆，88所图书馆，200多家剧院。市中心的芝加哥艺术博物馆是全美四大艺术博物馆之一。著名的芝加哥艺术学院博物馆收藏了莫奈、修拉、梵高等印象派大师的大量作品。漫步于摩肩接踵的高楼大厦之间，你会发现在现代的城市森林中，一尊尊与之搭配得天衣无缝的现代雕塑，好像这些钢阵石林中的精灵，使城市一下子灵动、丰富了起来。位于千禧公园的那座著名的不锈钢巨型雕塑《云门》堪称杰作。整个雕塑就是一个类似水银珠的巨大的椭圆形不锈钢体，高3英尺，长66英尺，宽42英尺，重约110吨，外形有点像豌豆，所以当地人也称它为《豆子》。其构思的精妙，令人深感震撼。它的外表全部采用抛光的不锈钢，球面就像凸出的镜面一样，从不同的角度将城市不同的景观全部摄入其中，每一时间都有不同的画面，每一角度都能看到不同的景观。行人拍照可以拍到自己的影像。原本单调的外表，通过独特奇妙的设计拥有了丰富的内涵。

设计师（Anish Kapoor）把它描述为"通往芝加哥的大门，映射出一个诗意的城市"。这一雕塑让我们看到的不仅是雕塑本身，更是滚滚红尘中现代大都市诗意的一面。它是在用现代元素营造诗意的空间、诗意的生活。

芝加哥的雕塑很多，那座世界上最大的露天剧院，实际上也是一尊超大的现代雕塑作品，整个剧场就像一只张开的巨大贝壳，还有卢普区古旧的红砖楼前毕加索的经典作品《无名》、米罗的作品《太阳月亮山》等。漫步城中，你会不时地被映入眼帘的艺术雕塑所吸引，说不定就是哪一个巨星级大师的作品。

芝加哥的教育也很发达，这是这座城市不竭的发展动力。著名的芝加哥大学培养了无数大师级人才。这所大学共培养出80多名诺贝尔奖获得者，被誉为"诺贝尔奖获得者的摇篮"。著名的阿岗国家研究院、贝尔实验室、费米实验室等世界知名的科研机构都属于这个学校，原子能就是在这里发明的。看似平常的实验室楼前一座不起眼的蘑菇云雕塑，让每一个到来的游客既充满敬意又充满困惑。很多华裔科学家在这里学习和工作过，著名科学家李政道、杨振宁都在这里工作过。美国前总统奥巴马也在这里工作过十几年。

八月初，我曾经在芝加哥机场转机，当时透过机场候机楼的巨大落地玻璃窗，看着外面明媚的阳光和远处高耸入云的楼群，看着整洁的公路上疾驰的车流，就断定这是一个充满生机和活力的城市，看来我没有看错。这次匆匆游走一番之后，我感到还要再加上一句：这是一个现代感与艺术气息并重的城市，也是一个充满诗意的都市。

华盛顿故居位于弗吉尼亚州的波多马可河岸边，距我们的住处有四十多分钟的路程。临近故居还有几公里时，路两边的橡树林就可看出异乎寻常地茂盛。树干很粗，树叶乌黑黑的，树林很密，看不到边际。故居在一个小山包的山顶上，叫弗农山庄。弗农山庄是华盛顿同父异母的哥哥劳伦斯在其父亲所盖的一处房子基础上改建的，起名叫弗农山庄是为纪念哥哥心目中的一位偶像，一位英国海军上将。主楼是一座红瓦白墙的二层半楼房，楼前草地上有几棵粗大的橡树，其中一棵的树干要两人才能合抱过来，据说是华盛顿亲手栽种的。这几棵大树应该是有了灵性，它们陪伴一位伟大的灵魂在这里共同度过了那些伟大的岁月，在这里默默地生长。

华盛顿22岁时哥哥去世，他从哥哥那里继承了这座山庄。山庄风光极佳，总体上看是一个倒扣的碗状小山包，山庄的主楼就在山包的顶部，是周围几十里范围内的一处制高点。左右两边都是森林，后面是大片的草地和农田，前面正对着的则是宽阔平缓的波多马可河。坐在房前或者山庄的任何一个房间向前看，都能一览无余地看到波多马可河宽阔平展的河面。楼前一条小路直通到河边，河边是一个小码头，当年华盛顿家就是从这里将农庄的粮食运往外地。现在这里是一处小型游艇码头，不时有白色的游艇从河面上驶过。华盛顿很喜欢这个山庄，他曾经说美国最美的地方就是弗农山庄。他的一生除了在外征战和担任总统之外都在这里度过，前后有37年之久。从哥哥手里接管时只是一个一层半的小楼，华盛顿花费了大量心血，亲自测量、画图，先后改造了两次，加高了一层，农庄才成为今天我们见到的样子。

小楼长97英尺（约合30米），宽31英尺（约合9.4米），是典型的北美式别墅建筑，内有大小19个房间，如今仍然像它的主人活着的时候一样摆放着他用过的东西。一楼大厅是起居室兼客厅，是接待客人和家庭活动的地方，据说当年华盛顿就是在这里完成了他的一系列重大决策，也是在这里接到了当选为美国第一任总统的通知。旁边是小餐厅，是华盛顿一家人用餐的地方，墙上挂着他们一家人亲密温馨的照片。他的妻子马莎·卡斯蒂斯是一位贵族的遗孀，高贵漂亮，她为他带来一笔不少的财产，还带来了两个女儿。华盛顿自己没有孩子，他和妻子一起将两个女儿抚养成人。他与妻子感情很深，即使在征战的间隙，只要有可能，他都会回来看望她。华盛顿是在他的朋友家中与妻子认识的，两人一见钟情，那时候华盛顿刚刚结束了七年的征战，以上校军官的身份退役返乡。两个人结婚后就在这座主楼内居住，一起生活了几十年。在他的卧室里至今仍旧摆放着他生前与妻子共用的那张大床。华盛顿就是在这张大床上去世的，白色的床单、白色的床幔，都是他生前的样子，仿佛他随时都可能回来一样。

华盛顿很爱这片庄园，也特别喜欢自己的庄园主生活。他是个天生的理财和经营专家，庄园不断扩大，到鼎盛时期达到8000英亩（约合3200公顷）。这是一个规模相当大的庄园，他本可以在这片他所钟爱的庄园里和他的爱妻过着闲适安乐的生活，把他的庄园建得更大更漂亮，但是时代选择了他，历史选择了他。

他所生活的这片英国人殖民的北美大陆与英国人的矛盾日益加剧。七年的军旅生涯，在与法国人、印第安人的征战中，华盛顿积累了丰富的军事经验，也造就了在军队中的威信和影响。事实上，华盛顿并不是那种军事天才，他也打过不少败仗，而且还投降过，失败的原因大都是因为指挥的失误。但是华盛顿是一个有着极强精神意志的聪明的指挥官，他不因失败而气馁、放弃，而是不断地总结经验与教训，坚持不懈地向自己认准的目标努力。他很会用人，广泛采纳手下将领的有益建议。他很会审时度势，根据自己部队多是缺乏正规训练的民兵的劣势，尽量避免与训练有素、装备精良的敌军正面硬拼。当战事一触即发的时候，北美大陆会议的代表一致推举华盛顿作为大陆联军的指挥官，邀他再度出山。他没有推辞，他知道此次出山的重大责任与巨大风险，他毫不犹豫地披挂上阵。在他的统率下，大陆联军与英军展开了长达七年的殊死争战，他们也打了不少败仗，牺牲了不少将士，但是最终还是以英军的全面失败而告终。1783年，《巴黎和约》签订，英国被迫承认美国独立。

华盛顿战功赫赫，但他并没有居功自傲，他选择了再一次解甲归田。他辞去了大陆军总司令的职务，回到他魂牵梦绕的弗农山庄。

一位大作家曾经说过，英国对世界的贡献是创造了莎士比亚，而美国的贡献则是华盛顿的伟大人格。美国独立以后，不少人推举他以总司令身份担任国王，华盛顿都坚辞不就。他是可以称王称帝的，但是他选择了自己削职为民，实际上不少国家甚至所谓宪政国家都容易走上军政府或者封建君主制的老路。华盛顿辞去大陆军总司令职务，以自己的伟大人格开创了美国军人不干政不参政的先例，避免了美国走入军政府或者君主制国家的歧途。

1787年他又主持费城制宪会议，制定联邦宪法，为根除君主制、制定确保美国民主政体的宪法打下了坚实基础。1789年华盛顿当选美国第一任总统，1793年连任。1796年两任总统届满时，他主动发表影响巨大的《告别词》，表示不再出任总统，再一次以他伟大的人格避免了美国历史上终身总统的出现，在这个崭新的国家开创了和平移交最高权力的典范。

卸去总统职务后的华盛顿，一身轻松地回到弗农山庄，和他的妻子一起经营他的庄园。但是不幸的是，这种生活只过了三年，1799年12月14日，华盛顿因感冒引发不明原因的发烧导致窒息而永远告别了他的爱妻、他所钟爱的庄园和他所忠诚并为之呕心沥血的国家，去世时年仅67岁。

华盛顿死后，按照他的遗嘱，人们把他安葬在弗农山庄的家庭墓地，和他的家人长眠在一起。老墓地很小，就在通往河边码头的小路的右侧山坡上。死前他专门在遗嘱中交代，墓地太小，适当的时间可将墓地迁往山庄的另一处山坡上。他的夫人去世后，人们将墓地迁到现在的地方。现在他们的墓地也不大，他和他的夫人并排躺在汉白玉的棺椁里，两边分别插着美国国旗和他任大陆军总司令时大陆军的军旗。据庄园工作人员讲，那是大陆军的灵魂，不论处境有多么艰难，只要看到那面旗帜，他们就知道华盛顿还在；只要华盛顿还在，就会有希望，就会取得胜利。

华盛顿被尊为美国的"国父"，美国人只要看到星条旗就会想到华盛顿，就会有一种自豪、自信与骄傲，就会有一种无敌的力量，不论在世界的哪一个角落，都是如此。华盛顿对于美国的意义，正如弗农山庄山顶的巨大橡树，这棵巨大的橡树挺拔地生长在这里，树荫和根系覆盖和延展至每一个美国人的内心，给他们送去信心和力量，送去精神的支撑。

华盛顿老城乔治城别有韵味，据说这里的居民多数都是有钱人。他们提出不要公共汽车，不准大车出入，不要地铁，不要任何公共交通。我们在城内只看到属于个人的汽车在穿梭奔跑，没有见到一辆公共汽车和大一点的汽车。我们乘坐的商务巴士不能停留，把我们放下就赶紧开走了。乔治城紧靠着波多马可河，一条运河的支流穿城而过。从我们中午就餐的购物中心北门口出门就是波多马可河的支流，船可以直接停靠。

老城至今保留着很多一百多年前的老建筑。特别是M街和威斯康星大道，几乎全是老房子。老房子的样式都很古朴，英国维多利亚风格的建筑比比皆是，木质的飘窗和红色的勾缝砖墙，还有碎石砌成裸露在外面的地基，显得十分古朴而又透着几分沧桑感。小街的两边是一些销售高档服装、皮包、首饰之类的小店，店面不大，但看得出都是多年的老店，十分精致，货品都是知名的品牌产品。

不少小街如我们这里的胡同一样，从街面向里延伸而去。我们和朋友顺着一条小街漫无目的地向里走，这里竟是一个非常华丽的所在，通到里面的是一个方形的院子。院子的两边是大红大紫非常强烈的大色块装饰的房子，通向街口的走廊上方是一片原始的小灯泡，这时候都亮着，像一条星河，配上两边的大红大紫的装饰墙板，显得夸张而又现代。原来这里是一间画廊，里面的两间屋子挂满了油画，都是现代派的作品，扭曲、夸张，冲击力很强，艺术感很强。里面一男一女两个人，见我们进来都很友好地站起来打招呼，热情地递上名片并主动给我们讲解。画很漂亮，但是价格也很惊人，一幅四平尺的画竟然标价48万美金。主人非常热情地给我们讲解每一幅作品，听不懂，但大致明白是讲作者的背景与潜力，讲作品的影响，他们大概把我们当成内行或者圈子里的人了，我们赶紧表示感谢，赶快离开。

我们拐进另一条小街，向里走竟通到了河边，就是那条波多马可河的支流，有二十几米宽，似乎是一条运河。河的两边都是老房子。在老房子与河流之间，有一条小路。这条小路应该可以通到我们中午吃饭的那家餐厅。我们过来时，恰好碰到一辆渡船从小河中驶过。白色的船体十分漂亮，以为是一条游艇，但是没有马达的声音，只静静地往前走，细一看，原来在前方河的两边小路上各有几匹枣红马在拉着纤绳拖拽着白船往前走。大家都很兴奋，没想到在极其现代的美国大都市竟能看到如此原始古朴的景象。但是这种古朴只是有钱人追求的一种境界而已。在美国这样红尘滚滚的现代社会能够保留这样一个角落，也是实属不易。

这个华府的角落，现代与古朴都各得其所，平安无事地相处，相得益彰地存在，这也是美国文化特色的一种体现吧。

廊桥一端的阿米什

在国内就知道阿米什族的一些情况，充满了神秘感。来美国后，总想亲自去阿米什聚居区一探究竟。借周末休息的机会，与几位同学相约一起驾车去最近的一处阿米什族聚居地兰开斯特参观考察。

抵达兰开斯特后，根据网上查阅的信息，直接赶到阿米什游客中心。游客中心一楼是商品部和售票处，二楼是阿米什人生活展室。按照阿米什人的住房布置，从厅堂、厨房到主卧室和次卧室，以及生活起居物品一应俱全。楼后是一处院落，有农具房、烤烟房、铁匠铺、木工房，还有马圈、压水井，院内停着马车，马圈里马在吃草，完全是一户阿米什人生活的现实场景。

阿米什人不用电，不用机器，不开汽车，一切都是靠手工和人力。整个院子显得十分传统而古朴，有点像我们20世纪七八十年代农村的样子。

阿米什是一个人的名字，是瑞典一位宗教领袖（Jacob Ammann）姓的德语谐音。因为宗教革命与新教教派发生分歧和矛盾，为躲避宗教迫害，阿米什与他的追随者迁移到德国的莱茵河畔，18世纪30年代来到美国的宾夕法尼亚州，在兰开斯特定居。美国目前全国有27万多阿米什人，以兰开斯特为最多，几十个定居点，有两万多人。阿米什人至今保留着18世纪的宗教信仰和生活习俗，包括衣食起居都丝毫没有改变。这在极度现代化的美国，确实是一处十分奇特而又极其珍贵的风景。

阿米什是一个非常独特的族群，他们像普通美国人一样交税，但是他们不参加选举。他们反对偶像崇拜，他们不参与美国所有的选举投票活动。他们好像一群埋头朝圣的教徒，只管在自己的道路上，在自己的精神世界里执着地前行，不管身外的一切。

阿米什人是坚定的传统教义的维护者和执行者，他们没有教堂，他们的宗教活动都在家里举行，每两星期一次，20至30家划为一个教区。在兰开斯特大约有125个教区。教区牧师以抽签的方式产生，任何家庭的已婚男性都有被提名的资格，只要获得三票就可以成为候选人，然后将教区内所有的《圣经》和唱诗本集中起来，在其中的一本内放一张纸条，所有候选人各自从中拿出一本，拿到纸条的人当选为牧师。牧师一旦当选就是终身制，不需要特殊训练，而且没有工资。牧师的职责就是主持本教区的宗教事务，负责组织礼拜活动。礼拜活动的地点不固定，在各个家庭轮流举行。教区有长条凳，在谁家举行就搬到谁家。礼拜活动从上午8：30开始到12点结束，中午一起吃简单午餐，然后是社交活动。午餐时先男后女，男人吃完后女人才能吃。阿米什人加入教会由自己决定，男子一般到结婚后才决定是否入教，一旦入教受洗以后就要严格遵守教规，必须停止一切与教会原则不符的活动，否则将会受到制裁，被驱逐出会或被回避。回避是比较重的惩罚，一旦被回避，所有阿米什人就不再和他交往，他也不能参加教会的礼拜活动，不能与其他教会成员一起活动，甚至不能在一个桌上吃饭。

阿米什人拒绝照相，因为他们认为照相是与《圣经》相违背的活动，《圣经》反对偶像，阿米什人认为照相是一种自负的行为，所以，在阿米什照相是一种忌讳。在阿米什人家里，你看不到照片，他们也不愿意别人给他们照相，不经同意给他们拍照，他们会报以敌视的眼神。

阿米什人至今过着传统素朴的生活，他们拒绝现代生活的诱惑，不用电，照明只点马灯和油灯，不使用机器，一切都是手工制作，出行乘坐马车。现在，他们外出也可以乘坐汽车和火车了，但不能乘坐飞机，不准购买汽车，不能使用电话和计算机。现在有些企业为了商务活动可以在街头使用公用电话，但不准在家里安装电话和使用手机。

这些规定和习俗使他们在美国这样超现代化的国家内显得十分怪异和特别，他们非常安稳地过着自己的独立生活。他们不反对别人享用现代文明，只是自己按照宗教教义刻板地生活。他们拒绝现代生活，并不是对现代科技抱有敌视的态度，而是认为现代生活方式会动摇和损害他们的宗教信仰，破坏他们的家庭和社区生活。他们必须在自己变成"现代人"之前停下来。他们认为现代生活方式会使人沉溺于物质享受而抛弃精神生活，但是他们尊重现代文明，不把自己的信念和原则强加于别人。现在阿米什也有一些年轻人不愿意受教规的限制，而选择不加入教会，走出阿米什，到外面去过另一种新的现代生活。

看过游客中心的展览后，下午乘坐游客中心的车辆去阿米什

人集中的乡村参观。汽车在阿米什的乡村公路上行驶，路两边是一望无际的碧绿农田。马路上不时驶过一辆辆坐满阿米什人的马车。马车上的大人孩子，以一种平静的眼光看着我们。农田里是熟悉的玉米和牧草，十分平坦和整齐。不时看到一幢幢的别墅式住宅，与城里人的别墅基本相同，不同的是在房子周围的木栅栏围起来的马圈和门口停放的马车，还有房后一到两座大型不锈钢壳的圆柱体，那是粮仓，与西部农场的粮仓一样，只是规模小一点而已。现代阿米什人的住房从外形上看与普通美国人的已经差别不大，只是房内陈设和生活习俗有着很大不同。

他们的生活都很简朴，屋内陈设和工具只为实用，不讲究漂亮好看，他们的衣服也很简单。阿米什人的衣服都是自己缝制的，多为黑白蓝三种颜色，样式和颜色在过去的三百多年中基本没有什么改变。成年男人平时都是穿白衬衣和深色吊带裤，上教堂时穿上西服和大衣，戴上深色礼帽。男人正式场合的衣服都没有纽扣，而是一种金属搭扣。因为他们认为男人的纽扣是军事武力的标记，阿米什人是和平主义者，拒绝一切与军事有关的装饰。成年已婚妇女通常穿一件深色的披风，外面罩一件围裙。未婚女性则是白色的围裙和披风。女性头上都要戴圆形系带小帽和头纱。他们通常不剪发，头发编成辫子用头纱和布帽包起来。外人是看不见阿米什女人的头发的，只有她的丈夫才能看到。阿米

什女人也不用纽扣，因为在阿米什民族形成的17世纪，纽扣是作为首饰出现的，而《圣经》规定女人不准戴首饰，所以她们至今延续着这一规定和习俗，没有丝毫改变。

阿米什人不上大学，他们认为一个人的知识不能太多，上到中学就足够了。他们的每个村子都有学校。从一年级到八年级都在一个教室。教师都是由自己教区的未婚女性担任，她本身也是只上到八年级。阿米什学校的学期长短与一般美国公立学校类似，但是没有节假日，学年一般在五月份结束，为的是让孩子们帮助父母春播。

行走在阿米什的乡间公路上，看着路边熟悉的农田，走进阿米什人开的家庭小店，欣赏阿米什人纯粹的手工艺品，感觉既陌生又亲切，好像走进老家的集市店铺。阿米什人都很纯朴、友好，甚至有几分可爱。他们的产品都不收税，虽然也都明码标价，但往往极容易讲价。他们多数不精于计算，特别是一些老太太，常常算错，有时算来算去算不清楚，一挥手，"就这样吧，零头就不要了"，像极了老家集市上那些目不识丁的老大妈。

返回的路上，司机在一处桥头停下汽车。大家正在诧异时，有人喊了一句："看！廊桥。"大家这才看到，眼前的桥与一般的桥大不一样，原来这就是电影《廊桥遗梦》中的那种美国廊桥。大家纷纷下车拍照留念。汽车穿过廊桥的那一刹，我突然想到，阿米什人不正是生活在这样一座精神的廊桥之中吗？古老而又传统的廊桥，与现代生活相通相接而又自成世界，传统而不封闭，开放而又自成体系。阿米什与廊桥一样特别，一样神秘，一样令人难忘。

经过一整夜的航行，早上七点轮船抵达西礁岛，美国人叫Key West，即基维斯特岛。上岸后，我们一行改乘小火车进岛参观。

西礁岛位于迈阿密的东南部，墨西哥湾与加勒比海的中间，濒临大西洋，是美国的最南端，相当于中国的海南岛。但论面积和海南岛没法比，岛很小，最长处也就两三公里。但是岛的名气很大，海明威曾经在这里住过十多年，而且是他一生创作生涯比较重要的一个阶段。

小岛热带风情浓郁，没有很高的楼房，大多数为小别墅式建筑。一座一座风格各异的小楼，掩映在充满热带风情的棕榈树、芭蕉树、大榕树和开满一簇簇橘黄色花朵的芙蓉树之间。城市不大，马路也不多，但是布局非常宽松疏朗，楼与楼之间、街道之间都疏密有度，看起来非常舒服。

我国的海南和厦门尤其是鼓浪屿，环境与这里非常接近，但不论是生态、城市布局还是城市秩序都有相当大的差距。街上人和车都不多，条条街道两侧都是别墅洋房，很少看到四五层以上的高楼。只有市中心一座建于19世纪初，距今已经一百多年的六层红砖楼房，应该是最高的建筑了。一家家的商店和住家连接在一起，只看到一座座都很别致的别墅小楼，很难分清哪是商店哪是住家。

按照朋友的介绍，我们下了小火车，从游客中心直接去海明威故居。海明威故居是这座小岛的著名景点之一。因为海明威，这座小城更加有名；因为海明威，这座小岛有了文化的灵魂，有了精神的旗帜。本来一座充满热带气息的小镇，成了家喻户晓的名城，每天都有成千上万的游客光顾这座小岛，都是因为海明威，因为他的人格力量，因为他作品的影响。

海明威故居是这座小镇上比较古老的一座别墅花园式建筑，对面就是海明威多次写到的老灯塔。楼房只有两层，是典型的花园式建筑，院内栽满了无花果树、芙蓉树、榕树等各种热带植物。院内有一座长35英尺，至今在小城还是最大的私人游泳池。这座小楼建于1851年，是一位船舶建筑师建造的。海明威于1931年从老建筑师手里买过来，先后分两段时间共在这里居住了十几年，他的两任妻子哈德莉和林达曾伴他在这里度过了他一生创作生涯中十分重要的时光。海明威在这里写下了一大批后来成为名作的小说作品，包括《永别了，武器》《午后之死》《非洲的青山》《丧钟为谁而鸣》《一无所获》等长篇小说和《乞力马扎罗的雪》《弗朗西斯·麦康伯短促的幸福生活》等著名的短篇小说。

海明威的一生可谓波澜壮阔，轰轰烈烈。他去过非洲，猎过野牛等大型动物，在大海深处钓过巨大的青枪鱼，参加过第二次世界大战，亲历过战火硝烟，婚姻生活也非常曲折，有过四任妻子，最后以持枪击穿头部的方式结束了自己的生命。他的生活方式非常富有传奇色彩，所以对他的读者以及所有关注他的人来说都有着浓郁的神秘感。海明威的生活态度和生活方式也影响了很多人。他的作品对整个美国都有着十分重要的影响。他所塑造的硬汉形象，对美国精神的影响与日俱增。他的作品、他的人格、他的生活态度和生活方式都有很多研究者、模仿者，不仅在美国有很多海明威迷，在世界各地都有，而且很狂热。

走进小院，每一个游客都会被它的生活气息所吸引。各种树木错落有致，树间是通幽的曲径，游泳池里虽然没有水，但光滑瓦蓝的池面让人想到当年主人在这里游泳的情景。最引人注目的还是那些颜色各异、各具形态的六趾猫。一直到晚年，六趾猫都是海明威写作间隙的玩伴，排解寂寞和内心孤独最好的朋友。他专门为他的这些小朋友定做了精致的笼舍，就在楼的东头，至今仍静静地摆在那里。

　　小楼有很长的围廊，宽大的阳台围着整个小楼转了一圈。可以想象当年海明威就是在这宽大的阳台上，手里拿着烟斗或者古巴雪茄，踱着步子思考的样子。走进楼内可以感觉到浓厚的书卷气和文化气息。走廊内和卧室内都摆满了他生前爱读的书籍，墙上挂着的是他所喜爱的油画《农场》等著名画作，还有他本人以及与家人的照片。屋内的家具和摆设都是非常用心的，不少家具是海明威的第二任夫人从巴黎运过来的，其中就包括海明威在上面写出过无数鸿篇巨制的胡桃木写字台。每一个房间，每一件他所喜欢的家具都让人感觉到海明威的存在和巨大的吸引力。

　　海明威只活了61岁，但是他的作为、他的影响，包括他的作品，他的生活态度和行事方式，都让后人对他充满好奇和发自内心的崇敬。

离开海明威故居，直奔对面的老灯塔。这是一座直上直下的建筑，是当时全城的制高点。海明威写作间隙常来这里围着转圈踱步，有时和灯塔看守人交谈和聊天，海明威多次写到这座老灯塔。这座灯塔现在已经没有了原来的功能，而是成为旅游的重要景点，成为这座小城重要的地标式建筑。来小城的人必会来看海明威，看海明威必会来老灯塔转一转。

海明威就像这老灯塔一样，已经成为茫茫文学之海中的一座永远无法替代的地标。

后记

　　我的散文写作开始于20世纪80年代。那时还是学生，因为小说创作请教写作课老师。老师说，要写好小说，先要从散文开始。老师的本意大概是以散文作为练笔，从而达到磨炼艺术感觉、提升文学素养和写作技巧的目的，我却理解为散文是小说的一个准备，一种更初级的形式，从而强迫自己大量地写作散文，但写出的或者是一些生硬的抒情之作，或者是一些虚构的故事，所谓"少年不识愁滋味，为赋新词强说愁"，洋洋洒洒却缺乏真情实感。现在想来，那实在是走入了一个误区。写小说，可以凭空想象，天马行空，可以靠技巧去编织故事。写散文则必须老实、自然，遵从内心，遵从生活。写好散文不仅需要丰富的文学想象、纯熟的结构技巧、扎实的语言功夫，更需要对人生、对生活的体悟和积累，需要思想和情感的积淀升华。一些老作家的散文，看似行云流水，不经意间却让人百读不厌，每一个字都渗透着生活的阅历与沧桑，都蕴涵着人生的感悟与智慧。好的散文，应该是生活沃土上绽开的木槿花，朴实无华，自然而然地去呈现生活之美，而不会矫揉造作，故作深沉，拿腔捏调。好的散文，一定是心灵深处流淌的六弦琴音，有感而发，低吟浅唱，深情表达。好的散文，应该是人生旅途中的陈年老酒，经年发酵，甘洌醇厚，耐人品味。以此标准审视自己的作品，实在感到汗颜。收入集中的四十余篇作品，是从三十年来的散文作品中反复挑选的。有近年的乡情和亲情随笔，有二十年前的部分旧作，还有十几年来的部分游记作品，基本反映了我散文创作的轨迹和状态。正如秋后树下的一堆落叶，自知浅陋却又难免敝帚自珍。承蒙山东教育出版社抬爱与鼓励，拣选几片稍有亮色的结集成册，聊作纪念，也呈献方家以求批评指正。

　　我的大学老师王光东先生见证了我几十年的创作，这次又亲自命笔作序，师恩绵长深厚。山东教育出版社社长刘东杰先生鼎力支持令人感动，副社长齐飞先生、责任编辑杜聪女士、美术编辑吴江楠女士和插图画家王磊女士付出了大量心血，在此一并致以诚挚的谢忱！

刘致福

2018年12月